COLLECTION FOLIO

Alexandre Dumas

La main droite du sire de Giac

et autres nouvelles

Gallimard

Alexandre Dumas naît en 1802 à Villers-Cotterêts. Son père, général républicain, meurt alors que l'enfant n'a que quatre ans. Devenu clerc de notaire sans grand enthousiasme, il se passionne pour le théâtre et commence à écrire. Il rejoint la capitale où il entretient une liaison avec sa voisine de palier, la lingère Laure Labay, qui lui donne un fils prénommé Alexandre. Ses pièces commencent à être jouées, mais ce n'est qu'en 1829 avec *Henri III* qu'il fait un véritable coup d'éclat et se place parmi les chefs de file du romantisme aux côtés de Victor Hugo. L'année suivante, de ses amours avec Belle Krelsamer naît une fille, Marie. Attiré par la politique, Dumas se joint à la révolution de 1830. En 1831, le théâtre de la Porte-Saint-Martin représente un drame en cinq actes, *Antony*, qui remporte un succès triomphal. Dumas fait la connaissance de l'actrice Ida Ferrier qui deviendra sa femme en 1840. Les années suivantes sont marquées par de nombreux voyages en Europe : Suisse, Italie, Belgique, Allemagne… Après plusieurs tentatives, Alexandre Dumas décide de se lancer dans le roman et publie *Les Trois Mousquetaires* en 1844, puis *Le Comte de Monte-Cristo* et *La Reine Margot*. Il commence aussi à collaborer avec Auguste Maquet qui l'aide dans ses recherches historiques. Séparé d'Ida Ferrier, il achète un terrain à Port-Marly et y fait construire le château de Monte-Cristo qu'il inaugure en juillet 1847. Mais, ruiné par la faillite de son théâtre, le Théâtre historique, il doit le vendre aux enchères en 1850. Ce sont des années d'une grande fécondité littéraire : *Joseph Balsamo, Le Collier de la Reine, Vingt ans après, Le Vicomte de Bragelonne, Le Chevalier de Maison-Rouge, La Femme au collier de velours*… Pourtant, couvert de dettes, il profite du coup d'État du 2 décembre 1851 pour trouver refuge à Bruxelles où il rejoint Victor Hugo en exil. Il négocie avec ses créanciers et alterne séjours à Paris et séjours en Belgique avant de revenir définitivement en France en 1854. Voyages, maîtresses et romans se succèdent. L'Académie française lui ferme ses portes lorsque paraît une photo de lui avec sa maîtresse sur ses genoux… Alors que la France est assiégée par les Prussiens, Alexandre Dumas meurt le 5 décembre 1870 chez son fils. Il est enterré à Villers-Cotterêts avant d'être transféré en 2002 au Panthéon où il rejoint son ami Victor Hugo.

Découvrez, lisez ou relisez les livres d'Alexandre Dumas :

ANTONY (Folio Théâtre n° 75)

LE CAPITAINE PAMPHILE (Folio n° 3952)

LE CHEVALIER DE MAISON-ROUGE (Folio n° 4235)

LE COLLIER DE LA REINE (Folio n° 3644)

LE COMTE DE MONTE-CRISTO (Folio n° 3142-3143)

LA DAME DE MONSOREAU (Folio n° 4792)

LA DAME PÂLE (Folio 2 € n° 4390)

LES FRÈRES CORSES (Folio n° 4487)

GEORGES (Folio n° 567)

LES MILLE ET UN FANTÔMES — LA FEMME AU COLLIER DE VELOURS (Folio n° 4316)

PAULINE (Folio n° 3689)

LA REINE MARGOT (Folio n° 411)

LES TROIS MOUSQUETAIRES (Folio n° 3511)

LE VICOMTE DE BRAGELONNE (Folio n° 3023-3024-3025)

VINGT ANS APRÈS (Folio n° 2818)

LA MAIN DROITE
DU SIRE DE GIAC

I

Si le lecteur, qui nous a déjà si souvent et si complaisamment suivi dans nos excursions historiques à travers la vieille France, veut bien, cette fois encore, faire avec nous un pas rétrograde, nous le transporterons à quelques lieues de la jolie petite ville d'Avranches, entre Trans et Saint-Hilaire, au pied d'un château fort dont les murailles, cachées à cette heure sous l'herbe, ceignaient bravement, à l'époque où commence cette chronique, le bourg de Saint-James de Beuvron.

Sur l'emplacement occupé par les vertes et grasses prairies qui s'étendent aujourd'hui jusqu'à Pontorson, s'élevaient alors les logis de l'armée de Bretagne, qui, depuis le commencement du carême de 1425, était venue mettre le siège devant le château de Saint-James. En jetant les yeux sur le fossé qui ceint le camp, et sur la palissade qui le protège, en suivant les contours anguleux que forment dans leur circuit ce fossé et cette palissade, on reconnaîtra tout d'abord que c'est un capitaine savant dans l'art de mener une bataille qui a tracé le plan de ces fortifications établies à la fois pour l'attaque et pour la défense. C'est que dans les guerres bizarres du Moyen Âge, où tout se faisait, non point d'après un plan de campagne unitaire, mais selon le caprice de chefs aventureux, qui avaient une volonté individuelle dès qu'ils trouvaient vingt-cinq hommes pour les aider dans l'accomplissement de cette volonté, il ne fallait qu'une garnison inopinément délivrée, qui se mettait en campagne et marchait instinctivement au secours d'une garnison captive, pour que les assiégeants d'aujourd'hui fussent assiégés demain ; or, c'est ce qui pouvait arriver d'un jour à l'autre à l'armée de Bretagne, s'il plaisait aux Anglais d'Avranches de venir en aide à leurs frères de Saint-James de Beuvron.

Mais à cette heure, et grâce aux précautions si habilement prises, tout était calme dans le camp ; le silence de la nuit n'était troublé que par le bruit des hommes de garde, qui de quart d'heure en quart d'heure faisaient entendre le cri de veille ; tous les feux étaient éteints dans les baraques des soldats et dans les logis des capitaines ; une seule tente plus élevée que les autres, et au-dessus de laquelle flottait à chaque bouffée du vent qui venait de la mer la bannière de France et de Bretagne, était éclairée encore ; c'est que dans cette tente veillait, plein de soucis, le chef de toute cette armée qui dormait tranquille, se reposant sur lui, comme le troupeau sur le berger.

Aussi s'était-il jeté tout cuirassé sur les peaux de loup qui lui servaient de lit ; son casque seul, posé près de la couche militaire, manquait à son armure, ce qui permettait de reconnaître que celui sur lequel pesait une si grande responsabilité que celle de la vie de ses frères était un beau jeune homme de trente-deux à trente-trois ans à peine, aux longs cheveux châtains, tombant carrément sur ses épaules, au teint clair, aux yeux bleus, et dont la physionomie aurait eu une expression de douceur parfaite, si un léger froncement de sourcil, qui lui était habituel, n'avait dénoncé cette volonté puissante et continue, qui chez les Bretons dégénère parfois en entêtement. Une lampe de cuivre, la seule qui, comme nous l'avons dit, veillât encore par tout le camp, éclairait un manuscrit qu'il lisait, la tête appuyée sur la main gauche, et dans lequel il faisait de la main droite des corrections en écriture trois fois plus grosse que celle du texte. Ce manuscrit avait pour titre : *Histoire d'Artus, comte de Richemont et connétable de France, contenant ses mémorables faicts depuis l'an 1413 jusqu'à la fin de l'an 1424.*

— Ah ! mon pauvre Guillaume, murmura le jeune homme, lorsqu'il fut arrivé au dernier feuillet, j'ai bien peur que tu n'aies écrit à cette heure les plus riches pages de mon histoire, et que cette année 1425, qui commence si mal, ne tourne au pire.

— Voilà de tristes pensées, monseigneur, répondit un homme vêtu d'un costume de paysan, qui était entré dans la tente d'Artus, et s'était approché de son lit sans que celui-ci l'aperçût. — Et malheureusement, continua le nouveau venu en soupirant, les nouvelles que j'apporte ne sont point de nature à les rendre plus joyeuses.

— Ah ! c'est toi, le Gruel ! répondit Artus avec un demi-sourire, qui prouvait que, quoique les nouvelles promises fussent tristes, le messager n'en était pas moins le bienvenu. — Sur mon âme, mon pauvre Guillaume, je te croyais pendu, et je comptais envoyer demain une compagnie, avec ordre de visiter, les uns après les autres, tous les arbres des environs, afin de te donner, si besoin était, une sépulture chrétienne.

— Et cela aurait bien pu arriver, monseigneur, si je n'avais pris la précaution de substituer cet habit de manant à votre noble livrée. Les Anglais battent, nuit et jour, la campagne sous les ordres du comte de Suffolk et du sire de Scales, et quoique je ne rapporte pas grand argent, ils auraient cependant pu faire une plus mauvaise prise. À ces mots, Guillaume le Gruel vida son escarcelle dans le casque du comte.

— Et jusqu'où as-tu été ?

— Jusqu'à Rennes, pardieu.

— Tu n'y as point appris de nouvelles du roi ?

— Si fait ; il est à Issoudun avec M. de Giac et la cour.

— Mais des cent mille écus promis ?

— Je n'en ai point entendu parler.

— De sorte que cet argent que tu rapportes ?.... reprit Artus en tournant négligemment les yeux sur son casque plein d'or.

— Se compose du prix des bijoux que vous m'avez chargé de vendre, et de deux cents écus d'or, dont moitié m'a été donnée par votre frère, monseigneur Gilles, et l'autre par mesdames d'Alençon et de Lomaigne.

— Mes bonnes sœurs ! murmura Artus.

— Quant au duc Jean, il était en voyage du côté de Morlaix ou de Quimper ; mais eût-il été à Rennes, vous savez qu'il est plus bourguignon que dauphinois.

— De sorte que notre fortune se monte ?....

— À quatre cent quatre-vingts écus d'or.

— Allons, il y aura du moins de quoi payer les marchands qui nous approvisionnent de vivres ; quant aux soldats, ils se résigneront à attendre le bon plaisir de notre roi.

— Dieu le veuille ! répondit Guillaume, avec l'accent d'un homme qui fait à tout hasard une prière, mais sans grand espoir qu'elle sera exaucée.

— Qu'est-ce à dire ? murmura Artus en serrant les dents et en fronçant le sourcil. Et qui peut te faire douter de la patience de l'armée, quand son chef lui donne l'exemple ?

— Quelques mots que j'ai entendus en rentrant dans les logis, et qu'ont échangés entre eux les soldats de garde à qui j'ai été forcé de me faire connaître.

— Et ces mots ?....

— Promettaient une révolte pour demain, si au point du jour les troupes ne touchaient pas la solde qu'elles attendent depuis cinq mois.

— Une révolte ! s'écria Artus, en bondissant de son lit. Une révolte ! tu as mal entendu, Guillaume.

— Non, monseigneur, je suis sûr de ce que je dis ; ainsi prenez toute précaution, je vous prie.

— Une révolte, continua Artus en souriant dédaigneusement et en se promenant à grands pas. Une révolte ! ce serait chose curieuse à voir. Quant à la précaution que je prendrai, ce sera de ne point sortir sans mon épée.

— Mais, monseigneur, ne vaudrait-il pas mieux faire attendre les marchands, et donner un acompte aux troupes ?

— Les marchands ont livré leurs marchandises sur ma parole, et je ferai honneur à ma parole ; quant aux soldats, je leur dois le pain, l'eau et le fer, et tant qu'ils auront à manger, à boire et à se battre, ils n'ont rien à dire.

— Cependant, monseigneur...

— Prends cet or, va régler les comptes des marchands, et s'il en reste quelque chose, fais-en don de ma part aux familles les plus pauvres, en leur recommandant de prier pour la gloire du roi Charles VII et le salut de la France.

Guillaume regarda son maître et sortit. Il avait reconnu à l'expression de son visage que ce n'était point la peine de répliquer. Quant à Artus, il se rejeta sur son lit, et soit fatigue d'une veille aussi prolongée, soit confiance en lui-même, soit force de volonté, un quart d'heure après il dormait profondément.

Au point du jour, ce sommeil fut interrompu par une grande rumeur qui se faisait dans le camp. Artus se réveilla en sursaut, sauta à bas de son lit, et allait s'élancer hors de sa tente, lorsque le Gruel entra.

— Qu'est-ce que ce bruit, Guillaume, et que se passe-t-il donc dehors ?

— Ce que j'avais prévu, monseigneur.

— Une révolte ! s'écria Artus en saisissant une masse d'armes accrochée au chevet de son lit.

— Non, pas encore.

— Mais enfin, qu'est-ce donc ?

— La garde des portes n'a pas voulu laisser sortir les marchands de bestiaux.

— Et pourquoi cela ?

— Parce qu'elle a été prévenue, par le soldat qui était en sentinelle devant votre tente, que tout l'argent que j'avais rapporté avait été employé au paiement des vivres, et que rien n'était resté pour la solde de l'armée.

— De sorte que ?... continua Artus impatiemment.

— De sorte que les troupes veulent reprendre cet or aux marchands qui, le regardant comme un salaire légitime, ne veulent pas le rendre.

— Ils ont raison, par Notre-Dame ! et je vais leur courir en aide, comme à de braves gens.

— Ne prenez-vous point votre casque, monseigneur ?

— Non, non ; il faut que ces drôles me reconnaissent du plus loin qu'ils me verront, afin que si l'un d'eux hésite à obéir, il n'ait pas d'excuse. Mon cheval, Jehan, mon cheval.

L'écuyer auquel étaient adressées ces paroles, et qui devait, à toute heure du jour et de la nuit, tenir une monture de guerre prête à tout hasard et à tout besoin, remit la bride aux mains du connétable, et voulut, comme d'habitude, lui présenter le genou ; mais Artus, malgré le poids de son armure, s'élança en selle, comme s'il n'eût été vêtu que d'un habit de chasse ; et ayant écouté de quel côté venaient les cris, il lança son cheval au galop dans cette direction.

Comme Guillaume l'avait dit, les gardes de la porte, prévenus que les marchands avaient été payés, s'étaient opposés à leur sortie s'ils ne remettaient la moitié de l'argent reçu. On devine qu'une pareille proposition avait été repoussée à l'unanimité ; mais les soldats, qui avaient prévu cette résistance, s'étaient promptement décidés à prendre de force ce qu'on ne voulait pas leur donner de bonne volonté. Alors les marchands, qui comprenaient qu'une fois abandonnés aux mains des gens de guerre, la répartition de leur argent ne se ferait pas avec une grande exactitude, s'étaient réunis sous prétexte de délibérer, mais en fait pour se préparer à la défense ; en conséquence, ils avaient placé les femmes et les enfants au centre, s'étaient fait un rempart de leurs charrettes, et, armés de bâtons, ils se préparaient à disputer ce que tout digne commerçant a appris, dès sa jeunesse, à mettre au-dessus de sa propre vie, son argent. Les soldats, de leur côté, pour qui une semblable guerre n'était qu'un jeu, s'y préparaient avec cette joie féroce qu'éprouvent l'homme et le tigre lorsqu'ils savent que leur victime, trop faible pour leur résister, se dispose cependant à combattre, et donnera, par ce semblant de résistance, une apparence de raison à leur cruauté. Ils étaient, en conséquence, accourus de tous les coins du camp, ignorant, pour la plupart, ce dont il s'agissait, mais disposés, par esprit de corps, à prendre, sans plus ample information, le parti des gens de guerre contre les manants, et criant : *À mort ! à mort !* sans savoir encore ce qu'avaient fait ceux qu'ils condamnaient d'avance à mourir.

Tout à coup, au milieu de ce bruit et de ce désordre, un cri se fit entendre : — Le connétable ! le connétable !

Au même instant, cette foule, si pressée qu'on n'aurait pas cru qu'un trait d'arbalète eût pu s'y faire jour, se sépara pour faire une route large et libre à son chef qui, la traversant au galop, ne s'arrêta que lorsque son cheval alla donner de la tête contre les barricades qu'avaient établies les marchands, et au milieu desquels ils attendaient, plus morts que vifs, ce que Dieu allait décider de leurs personnes et de leur argent. Mais à la vue du connétable, ils reprirent courage, dérangèrent une charrette pour ouvrir un passage au renfort qui leur arrivait, et, se jetant aux pieds du cheval d'Artus, ils se mirent à crier, les uns, grâce ; les autres, justice.

— Pourquoi n'êtes-vous point partis au point du jour, comme je vous l'avais ordonné ? dit Artus, d'une voix qui couvrit toutes les autres, et fut entendue des derniers rangs de l'armée.

— Parce que la garde a refusé de nous ouvrir la porte du camp, répondit, d'une voix plus basse, celui qui paraissait le chef de la troupe.

Artus fit signe qu'on lui ouvrît un nouveau passage, et, s'avançant vers la porte du camp :

— Pourquoi, dit-il aux sentinelles, avec le même accent, n'avez-vous point laissé sortir ces hommes ?

— Parce qu'ils n'avaient pas le mot de passe, monseigneur, répondit un des soldats.

— C'est juste, dit Artus, et il rentra dans les barricades, se pencha à l'oreille de celui qui lui avait parlé : — *Bretagne et Bourgogne*, lui dit-il. Maintenant, allez.

Le marchand alla vers sa charrette, prit son cheval par la bride, et s'avança vers la barrière, suivi de tous ses camarades : — *Bretagne et Bourgogne*, répéta-t-il aux soldats. — Passez, répondirent les gardes, et tout le convoi défila sans obstacle.

Lorsque la dernière charrette eut franchi les portes, Artus, qui avait suivi le convoi des yeux, se retourna et aperçut, à quelques pas de lui, plusieurs chevaliers de Bretagne qui étaient accourus pour le seconder, si besoin était. — Messieurs, leur dit Artus, paraissant avoir complètement oublié la cause qui les avait amenés, je suis fort aise de vous voir réunis, car nous allons donner l'assaut. Messire Alain de La Motte, invitez vos archers à visiter leurs arcs et à mettre leurs trousses au complet. Messire de Molac, ordonnez à ceux de Ploërmel et du Roc Saint-André de préparer les fascines et les échelles. M. de Cœtivi, prenez deux cents cavaliers et faites une reconnaissance du côté d'Avranches et de Pontorson, afin que les Anglais ne viennent pas nous distraire. Quant à vous, Guillaume Éder, nous monterons à l'assaut en même temps chacun de notre côté ; et maintenant, que chacun rejoigne sa bannière, et que, dès que tout sera prêt, les trompettes sonnent.

À ces mots, chaque capitaine rejoignit son quartier suivi des hommes qui marchaient sous sa bannière, de sorte que cet emplacement sur lequel s'agitaient, un quart d'heure auparavant, trois ou quatre mille personnes, se trouva à peu près désert ; car il ne restait que les soldats de garde et du connétable qui, voyant chacun se rendre à son poste, s'achemina vers sa tente, pour faire, lui aussi, ses préparatifs de combat.

II

Une heure après, l'armée de Bretagne sortait de ses logis et s'avançait en bon ordre pour livrer assaut au château de Saint-James de Beuvron.

Les ordres donnés par le connétable avaient été ponctuellement exécutés. M. de Cœtivi, avec 25 lances, s'était avancé du côté de Pontorson. Messire Alain de La Motte avait divisé ses archers en deux troupes, et gardant le commandement de l'une, avait confié celui de l'autre à Guillaume son fils. Monseigneur de Molac avait rassemblé ses écheliers, et Guillaume Éder, selon les ordres du connétable, se préparait à gravir la muraille du côté de l'occident, tandis qu'Artus, prenant avec lui la moitié de l'armée, tournait le château et s'apprêtait à donner l'assaut du côté du midi. Les Anglais, à leur tour, suivaient les mouvements des troupes assiégeantes avec une attention qui prouvait toute l'inquiétude que leur donnaient ces différentes manœuvres, et garnissaient, vers les deux points menacés, les remparts de leurs meilleures troupes. Aussi, à peine l'armée du connétable fut-elle à portée du trait, que les assiégés poussèrent de grands cris, un sifflement aigu leur succéda, et trois ou quatre hommes tombèrent percés de part en part par les longues flèches des archers anglais.

Artus ordonna à ses hommes de serrer le front de la bataille en se couvrant de leurs boucliers, et continua de s'avancer vers les murailles. À peine avaient-ils fait trente pas que de nouveaux messagers de mort pénétrèrent dans ses rangs ; quelques blasphèmes se firent entendre : cependant la troupe ne continua pas moins sa marche, laissant derrière elle ses morts et ses blessés se débattre sur un chemin de sang. Enfin, arrivé à une demi-portée de trait des remparts, Artus donna l'ordre de faire halte, et échelonna ses hommes sur une triple ligne ; alors les archers bretons plantèrent devant eux leurs longs boucliers à pointe, et s'agenouillant derrière, ils s'apprêtèrent à renvoyer aux Anglais flèche pour flèche, mort pour mort.

Lorsqu'Artus vit le combat ainsi engagé, il donna l'ordre aux porteurs de fascines de s'avancer vers les fossés, en se faisant un bouclier de leur fardeau, et aux écheliers de les suivre ; puis lui-même, prenant un arc aux mains d'un archer breton qui venait de tomber, il protégea leur entreprise. Plusieurs chevaliers vinrent alors se ranger près de lui, comme de nos jours quelques officiers impatients se mêlent aux tirailleurs, pour peloter en attendant partie ; ce jeu, du reste, était d'autant moins dangereux que leur armure les mettait à l'abri des traits qui venaient s'émousser sur leurs cuirasses flamandes que la lance elle-même avait peine à percer.

Cependant, parmi ces volées de flèches qui cliquetaient contre son armure comme la grêle sur un toit, Artus en sentit une le frapper plus violemment que les autres, et une légère douleur à l'épaule gauche lui prouva que, si éprouvée que fût sa cuirasse, la pointe de l'arme ennemie avait pénétré jusqu'à la chair. Il l'arracha aussitôt, et l'examinant avec soin, il reconnut dans l'empennure le chiffre de Mathieu de Duncaster, fameux ouvrier anglais, qui s'était rendu célèbre par le choix du bois qu'il employait dans la fabrication de ses arcs, et la trempe du fer dont il garnissait ses flèches. À peine avait-il fini cet examen qu'il se sentit de nouveau frappé à la cuisse. La flèche, cette fois encore, avait entamé la cuirasse, mais n'avait pu la traverser.

— Seriez-vous blessé, monseigneur ? s'écria avec inquiétude Guillaume de La Motte, qui était à ses côtés.

— Non point, grâce à ma bonne armure de Gand, reprit Artus. Mais il est urgent que je reconnaisse le drôle qui nous envoie de pareils cadeaux et que j'en fasse promptement justice, car chacune de ces flèches tirées sur les gens des communes serait la mort d'un homme, et vous-même, Guillaume, s'il vous apercevait au milieu de nous armé à la légère comme vous l'êtes, votre jaquette de maille ne vous protégerait guère plus qu'un filet de pêcheur, et vous seriez bientôt criblé de flèches comme une pelote d'épingles.

— Mon Dieu, Seigneur, ayez pitié de moi ! murmura Guillaume de La Motte, en tombant sur un genou.

— Qu'y a-t-il, Guillaume, mon pauvre enfant ! dit Artus.

— Il y a que je suis mortellement frappé, monseigneur ; mais, voyez-vous, ce damné Gallois qui se penche sur le rempart, pour me montrer à ses camarades, c'est celui-là, c'est celui-là qui m'a tué. Artus jeta les yeux sur l'archer, puis les reporta vers le blessé, et vit qu'en effet une de ces longues flèches anglaises qui avaient près de trois pieds de long, lui entrait au-dessous du sein droit et lui sortait entre les deux épaules. Artus comprit du premier coup d'œil que le pauvre Guillaume ne se trompait pas et que sa blessure était mortelle.

— Eh bien ! que désires-tu, Guillaume ? lui répondit Artus, et si l'accomplissement de ton désir est au pouvoir de l'homme, ta dernière volonté sera faite.

Guillaume ne pouvait plus parler, des flots de sang sortaient de sa bouche ; mais il montrait de la main l'archer qui l'avait blessé et qui s'applaudissait de sa victoire.

— Oui, oui, je te comprends, murmura Artus en ajustant sa meilleure flèche sur son arc ; et quoique ton dernier désir ne soit peut-être pas celui d'un bon chrétien, il n'en sera pas moins accompli. — Meurs en paix, Guillaume.

La flèche d'Artus partit à son tour, parcourut l'espace en sifflant, et allant frapper le but où l'œil de son maître l'avait dirigée, elle traversa les deux tempes de l'archer, malgré le casque de cuir qui lui protégeait la tête. L'Anglais étendit les bras, laissa échapper son arc, et, se renversant en arrière, tomba entre les bras de son camarade. Artus se retourna vers Guillaume. Un rayon de sanglante joie passait comme un éclair dans les yeux du mourant, qui poussa presque aussitôt un gémissement, se tordit et expira.

— Aux murailles ! aux murailles ! s'écria Artus, profitant du désir de vengeance dont ce spectacle venait d'animer les chevaliers ; — aux murailles ! — Les fossés sont comblés et les échelles sont prêtes ; et donnant l'exemple, il s'élança aussitôt vers les remparts, suivi de ses capitaines et de ses hommes d'armes. Les archers restèrent en arrière pour protéger l'assaut, en écartant les Anglais de la muraille.

En un instant cinquante échelles furent dressées, et animé par l'exemple du connétable, chacun s'élança pour combattre main à main.

Déjà les assiégeants étaient arrivés à la moitié de la hauteur des remparts, lorsque le cri : *les Anglais ! les Anglais !* se fit entendre derrière eux. Aussitôt, les archers chargés de protéger l'attaque, se croyant surpris, arrachèrent leurs boucliers du sol, et les jetant sur leurs épaules, se prirent à fuir en répétant eux-mêmes le cri qui les avait alarmés. Alors les assiégés, voyant qu'ils n'avaient plus à combattre que les chevaliers et les hommes d'armes, commencèrent à faire pleuvoir sur leur tête, du haut des remparts, des pierres, des charpentes, des poutres, et enfin tous ces projectiles que la tactique des sièges a l'habitude d'amasser sur les murailles, lorsqu'un assaut se prépare ; en même temps, un corps de cavalerie se fit ouvrir la porte la plus voisine et, se déployant dans la plaine, vint charger par-derrière cette armée qui, d'assaillante qu'elle était tout à l'heure, avait grand-peine maintenant à garder la défensive.

Artus s'était jeté un des premiers au bas de l'échelle pour faire face à cette nouvelle attaque, et chacun le reconnaissant à son cri de guerre et aux coups qu'il portait, s'était rallié autour de lui. Le combat s'était donc bientôt rétabli avec un nouvel acharnement au bas des murailles ; mais les chevaliers bretons, à pied et couverts de leurs lourdes armures, écrasés comme ils l'étaient par les pierres lancées du haut des remparts, percés sur les flancs par les flèches des archers, et attaqués de face par la cavalerie, ne pouvaient espérer ressaisir l'avantage qu'ils avaient perdu ; c'était donc plutôt pour mourir que pour vaincre qu'ils continuaient de se défendre, et parce que, voyant le connétable engagé de sa personne, ils avaient honte de l'abandonner. Mais il était évident que sa chute aurait mis à l'instant même fin au combat ; aussi tous les efforts des Anglais se dirigeaient-ils contre lui, d'autant plus aisément que lui-même les rappelait sur sa tête en jetant son cri de guerre aussitôt qu'ils semblaient s'égarer d'un autre côté.

Tout à coup le cri de *Bretagne et Richemont*, poussé par des voix amies, retentit de l'autre côté de cette masse qui pressait les assiégeants contre la muraille ; les cris *les Bretons ! les Bretons !* se firent entendre ; à leur tour, les soldats des remparts les répétèrent avec inquiétude ; un désordre visible se mit dans les rangs des Anglais : hommes et chevaux s'écartaient ou étaient renversés devant une puissance invisible encore, mais qui se rapprochait de plus en plus ; enfin, comme des mineurs qui se rencontrent, le faible rempart qui séparait encore Artus du secours qui lui arrivait, fut renversé, et Monseigneur de Cœtivi, sanglant et mutilé, vint tomber expirant aux pieds du connétable.

C'était cette troupe destinée à battre la campagne, qui avait donné l'alarme aux archers bretons, et qui, voyant que, dans la terreur panique qui les avait saisis, ils avaient abandonné leur général, s'était précipitée à son secours et venait effectivement de le sauver.

Artus s'élança sur le premier cheval qu'on lui présenta, renfonça dans son fourreau le tronçon de son épée de connétable, et, s'emparant d'une hache d'armes qu'il trouva par hasard à l'arçon de la selle, il poursuivit la cavalerie anglaise jusqu'à la porte de la ville qui se referma derrière elle. Alors il revint à l'endroit où l'assaut avait été donné, mais les échelles avaient été brisées par les assiégés ; des torches résineuses, jetées sur les fascines, les avaient enflammées ; ses troupes elles-mêmes, harassées de fatigue, indiquaient, par leur contenance, que l'obéissance seule les entraînait sur les pas de leur connétable. Artus comprit que la journée était perdue, et, tout en pleurant de rage, donna le signal de la retraite, que ne songèrent point à troubler les Anglais.

En arrivant au camp, il apprit que l'attaque commandée par Guillaume Éder n'avait pas été plus heureuse que la sienne ; dès le commencement de l'assaut, Guillaume avait été écrasé par un quartier de rocher que les Anglais avaient fait rouler sur les échelles. Monseigneur de Molac avait été tué d'un coup de flèche. Messire Alain de La Motte, acculé contre un étang, s'y était précipité avec son cheval, et n'avait plus reparu. Enfin, cette escarmouche avait été aussi fatale à la chevalerie bretonne qu'aurait pu l'être une grande bataille perdue.

Artus donna les mots de garde, et, se retirant dans sa tente, défendit que personne vînt l'y troubler.

Il y resta ainsi sans prendre aucune nourriture jusqu'à dix heures du soir. Enfin, mourant de besoin, il appela la sentinelle qui devait veiller devant sa tente. — La sentinelle ne répondit point.

Ne comprenant rien à ce silence, il s'avança jusqu'à la porte : la porte n'était point gardée. Alors il appela son secrétaire, ses écuyers, ses pages, et les interrogea. — Mais il n'en put rien apprendre, si ce n'est que quelque chose d'étrange s'était préparé toute la soirée dans le camp. — Ils avaient vu des figures sinistres, ils avaient questionné sans obtenir de réponse. Enfin ils étaient rentrés à l'heure du couvre-feu, et depuis lors, s'étant tenus cois et couverts, ils n'en savaient pas plus que lui.

En ce moment, une lueur sanglante commença de paraître vers l'extrémité orientale du camp : les étoiles rougirent ; le ciel se teignit de pourpre ; le feu venait de prendre aux logis des archers, et cependant aucun signal d'alarme n'en avait donné connaissance.

Artus regardait avec stupéfaction cet incendie silencieux qui s'approchait rapidement, sans qu'aucun effort s'opposât à sa violence. À tout moment il s'attendait à entendre jeter des clameurs de détresse, à voir ses soldats apparaître au milieu des flammes. Mais tout, au contraire, restait muet et mort, comme si, depuis un siècle, ces logis avaient cessé d'être la demeure des hommes. Enfin, ne pouvant plus résister à son impatience, il poussa lui-même un grand cri d'alarme. — Un cheval, à demi brûlé, qui s'élança d'une baraque croulante, et qui passa rapidement près de lui, en hennissant de douleur, fut la seule créature vivante qui lui répondit.

Alors la vérité lui apparut hideuse comme un fantôme. Ses genoux tremblèrent sous lui, et la sueur de la honte coula sur son visage.

L'armée tout entière s'était retirée en mettant le feu à ses logis, et avait abandonné son connétable.

III

Cette défection inattendue et qui avait pour cause le défaut de solde des gens de guerre, conduisait les affaires du roi Charles VII plus bas qu'elles n'avaient jamais été. C'était à grand-peine que le comte de Richemont avait levé, dans le duché de son frère, les vingt mille hommes avec lesquels il était venu mettre le siège devant Saint-James de Beuvron ; il les avait soutenus de ses propres ressources tant qu'il avait pu, et comptant toujours sur une somme de cent mille écus que lui avait positivement promis le roi, et qui avaient même été levés par une taille extraordinaire qu'avaient votée les trois états assemblés à Mehun-sur-Yèvre ; mais enfin ces cent mille écus avaient manqué on ne savait par quelle cause, et ce nouvel effort d'un des grands vassaux de la couronne s'était encore épuisé dans sa lutte contre l'apathie royale.

Les Anglais occupaient la Normandie, la Champagne, l'Île-de-France et la Guyenne ; ils avaient la Bourgogne pour alliée ; ils possédaient tous les ports de France, et recevaient éternellement des secours d'hommes et d'argent de la mère patrie, qui, éloignée du théâtre de la guerre, s'était maintenue riche et populeuse. On ne comprendrait donc pas comment le dauphin conservait, même en France, les dernières provinces qui lui servaient, non pas de royaume, mais de refuge, si l'on ne songeait que les guerres de cette époque n'avaient point encore pris l'aspect unitaire et régulier qu'elles ont de nos jours.

Au contraire, chaque capitaine marchait à sa fantaisie, et selon la direction qui lui plaisait ; son armée s'augmentait ou diminuait avec ses moyens de la payer. La solde manquait-elle ? les soldats se dispersaient et allaient chercher un autre capitaine que le besoin ou la cupidité leur faisait choisir parfois dans le camp ennemi ; les campagnes étaient dévastées ; les villes, prises et reprises, changeaient souvent de maître trois ou quatre fois dans la même année : partout ce n'était qu'une guerre de partisans qui n'avait d'autre résultat que la désolation des provinces, aussi maltraitées par leurs défenseurs que par leurs conquérants. Au milieu de tout cela, les Anglais faisaient, comme nous l'avons dit, des progrès, mais ces progrès étaient lents, parce que leurs capitaines songeaient beaucoup plus à leur fortune ou à leur honneur particulier qu'à la fortune et à l'honneur de la cause qu'ils avaient embrassée.

Charles VII, que nous avons laissé enfant dans nos dernières chroniques de France, s'était, pendant les quatre ans qui se sont écoulés entre la mort de son père et le moment où nous reprenons cette histoire, fait homme par l'âge, mais non par le caractère. Il avait les qualités qui font aimer un souverain de son peuple, mais non celles qui font respecter un roi de ses voisins. Toujours au-dessous des grandes circonstances au milieu desquelles il était jeté, il n'avait point encore essayé de lutter de sa personne, et il avait éternellement appelé à son secours de nouveaux alliés, les choisissant parfois même plutôt selon la nécessité que selon la prudence. C'est ainsi que l'épée de connétable, qui se trouvait, depuis le 7 mars 1424, au côté de Richemont, et qui portait sur son fourreau les fleurs de lis de France, s'était égarée un moment entre les mains d'un Écossais. C'est ainsi que le comte de Douglas avait été nommé *lieutenant-général sur le fait de guerre, dans tout le royaume de France*. C'est encore ainsi que Stuart, qui avait été battu et fait prisonnier à Crevant, fut échangé contre un frère du comte de Suffolk, et avait reçu, en récompense de ses bons services, le comté de Dreux, tandis qu'en même temps son beau-frère entrait en possession du duché de Touraine. La confiance de Charles dans ses alliés d'outre-mer avait même été si grande qu'il en avait formé une compagnie d'élite à laquelle il avait confié la garde de sa personne, et que, de cette formation, est venu le titre de Compagnie Écossaise, que portait encore, en 1829, la première section des gardes du corps des rois de France.

On comprendra dans quelle situation toujours plus précaire les changements de politique si souvent renouvelés plongeaient la fortune de la France. Chaque nouveau protecteur arrivait avec des prétentions, des amitiés et des haines qu'il fallait que le roi satisfît et partageât. Ainsi Richemont, loin de recevoir l'épée de connétable comme une faveur, avait dicté lui-même les conditions moyennant lesquelles il consentait à l'accepter. Ces conditions étaient : le renvoi des ministres qui avaient pris part à l'entreprise de Champtonceaux, et l'exil de tous ceux qui avaient trempé dans l'assassinat du duc Jean ; c'est que le nouveau connétable, arrivant au pouvoir avec des vues plus grandes et des relations plus étendues qu'aucun de ceux qui l'avaient précédé, avait rêvé tout d'abord la réconciliation des ducs de Bretagne et de Bourgogne avec le roi de France ; déjà même il avait réalisé une partie de ce rêve, en détachant le duc Jean, son frère, de l'alliance des Anglais, et, encouragé par cette réussite, il avait incontinent ouvert des pourparlers avec Philippe le Bon, donnant pour preuve de repentir de la part du roi le renvoi de Tanneguy Duchâtel, nommé sénéchal à Beaucaire, et l'exil du président Louvet qui s'était retiré à Avignon ; quant au vicomte de Narbonne, il avait été tué à Verneuil, et les Anglais, en vertu de leurs promesses au duc de Bourgogne, avaient fait écarteler et suspendre à un gibet le cadavre retrouvé sur le champ de bataille. Il n'était donc resté près du roi, et comme président de ses conseils, que le sire de Giac, dont les crimes passés étaient restés ignorés, et qu'on croyait toujours le fidèle de la maison de Bourgogne.

Cependant une puissance inconnue et malfaisante neutralisait, les uns après les autres, les efforts que tentait Artus : le roi, plein de force et de bonne volonté, tant qu'il était soutenu par la présence du connétable, retombait, dès qu'il l'avait quitté, dans son apathie habituelle. Retiré à Issoudun, ayant pour tout titre celui de *roi de Bourges*, que lui donnaient en riant les Anglais, il passait les journées à la chasse, à courre ou au vol, les soirées en jeu de cartes et de dés, et ses nuits entre son amour expirant pour Marie d'Anjou et son amour naissant pour Agnès Sorel.

À la fin d'une de ces journées futiles, qui faisaient dire à La Hire *que jamais il ne s'estoit trouvé Roy qui perdist si joyeulsement son Royaulme*, Charles, qui mérita depuis le nom de *victorieux*, mais qu'on ne pouvait raisonnablement appeler à cette époque que *l'insouciant*, jouait aux dés avec le sire de Giac, son favori, dans l'une des salles du château d'Issoudun ; encore ce jeu, tout à la mode qu'il fût alors, paraissait-il avoir été adopté par le roi plutôt comme une distraction contre l'ennui que comme un plaisir réel : aussi de temps en temps une de ses mains, pendante le long de son fauteuil, allait-elle chercher la tête d'un magnifique lévrier blanc couché à ses pieds, et qui répondait à cet appel en cambrant son long cou de serpent et en entrouvrant à demi ses yeux expressifs comme des yeux humains. Enfin le roi laissa tomber le cornet d'ivoire qu'il tenait, fit tourner son fauteuil sur lui-même, et se penchant vers son chien favori, il fit entendre un faible sifflement auquel l'animal était habitué ; car aussitôt, se levant sur ses pattes de derrière, il posa celles de devant sur la cuisse du roi.

— Bien, Fido, bien, dit Charles ; vous êtes une belle bête, bien dévouée comme votre nom le dit, et je sais plus gré au duc de Milan de ce cadeau que de ses trois mille Lombards qui ont commencé par piller mes provinces, et qui ont fini par me faire perdre la bataille de Verneuil : aussi vous aurez un beau collier d'or, tant que j'aurai une couronne sur la tête.

— Entendez-vous cette promesse, Fido ? dit Giac en se mêlant à la conversation. — Elle veut dire que vous mourrez avec les armes de France au cou. — Fido fit entendre un léger grognement.

— Ce n'est pas sûr, de Giac, reprit mélancoliquement Charles, en continuant de caresser son lévrier ; car cette couronne est cruellement convoitée, et déjà les plus beaux fleurons y manquent. Il faut que nos fautes aient grandement courroucé contre nous monseigneur saint Denis, qui est le patron de la France, ou Dieu, qui est le juge des rois, pour que tout aille ainsi de mal en pire dans le royaume.

En achevant ces paroles, le roi poussa un soupir auquel Fido répondit par un gémissement.

— Tenez, de Giac, continua le roi, depuis que j'ai été si souvent trahi par les hommes, il m'a plus d'une fois pris l'envie de choisir mon chien pour conseiller, et de me fier à son instinct dans mes amitiés ou dans mes haines.

— À ce compte, je ne serais pas longtemps le chef des conseils de Votre Altesse, dit Giac, car je ne suis pas dans les bonnes grâces de Fido.

— On a vu de pareils miracles, continua le roi, répondant à sa pensée plutôt qu'à l'observation de son favori, et souvent Dieu a chargé des animaux de servir de guide aux hommes. L'autre jour, dans la forêt de Dun-le-Roy, n'étions-nous pas perdus, et toute la chasse n'était-elle pas à se demander quel chemin il fallait prendre, sans que personne osât indiquer une route ? Eh bien ! j'eus l'idée de lâcher Fido et de le suivre. Un quart d'heure après, nous avions rejoint les chevaux et les pages qui nous attendaient à la lisière du bois.

— Votre Altesse confond l'instinct avec la pensée, le cœur de l'animal avec l'âme de l'homme.

— C'est vrai, et cependant regardez ces yeux magnifiques, Pierre. Ne dirait-on pas vraiment qu'on y voit briller un rayon d'intelligence humaine ? Examinez ces oreilles qui se dressent pour écouter ce que je dis ; ne croirait-on pas qu'elles s'ouvrent ainsi pour entendre ? Elles entendent d'ailleurs. Je n'ai qu'à chasser Fido, pour qu'il parte ; qu'à le rappeler, pour qu'il revienne ; qu'à faire un signe, pour qu'il se couche. Mes courtisans ne savent pas faire autre chose, et cependant on leur donne le titre d'hommes. Il est vrai qu'il y a une chose qui les séparera toujours de cette belle race canine, c'est qu'ils ne savent pas retrouver leur maître quand il se perd, et qu'ils le mordent quand il tombe.

Le silence qui succéda à cette boutade misanthropique se serait indéfiniment prolongé peut-être, grâce aux réflexions différentes qu'elle avait fait naître dans l'esprit des deux interlocuteurs, si Fido, par un mouvement brusque et inquiet, n'eût annoncé qu'il se passait quelque chose d'extraordinaire dans la chambre voisine. Le roi suivit la direction des yeux de l'intelligent animal ; il vit qu'ils étaient fixés vers la porte des gardes.

— Tenez, Pierre, dit le roi, voici un étranger qui nous arrive ; voyons comment le recevra Fido : je réglerai ma conduite sur la sienne, et je le fais pour cette fois chef de mes conseils.

En ce moment la tapisserie se souleva, et un page annonça *monseigneur Artus, comte de Richemont, connétable de France.*

Le roi tressaillit, de Giac devint pâle, Fido courut à la porte. Au même instant le connétable parut : le lévrier, qui le voyait pour la première fois, lui lécha la main.

— C'est vous, mon cousin, dit le roi d'une voix légèrement altérée. Mais c'est vraiment merveille de vous voir. Je vous croyais à cette heure occupé à guerroyer sur les côtes de Normandie, pour le plus grand intérêt de la couronne et la plus grande gloire de la France.

— Ainsi faisais-je, sire, répondit Artus, en caressant du bout des doigts le lévrier dont, au premier coup d'œil, il avait apprécié la race et la beauté. — Et ce n'est point ma faute si je suis ici à cette heure, au lieu de planter les trois fleurs de lis de France sur les murailles de Saint-James de Beuvron.

— Et qui vous ramène sans notre congé, mon cousin ?

— Plusieurs demandes que j'ai à vous faire, sire.

— Parlez, dit le roi.

Artus se rapprocha de quelques pas. Charles lui offrit un siège de la main, mais le connétable fit signe qu'il désirait rester debout.

— Sire, dit gravement Artus, je ne vous parlerai pas de la maison de Bretagne, vous la connaissez, car elle est de noblesse égale à la maison de France. Je suis fils, vous le savez, du bon et vaillant duc Jehan, qui recouvra son pays de Bretagne à l'épée, tandis que le roi votre père perdait le sien.

— Monsieur mon cousin ! interrompit Charles VII en fronçant le sourcil. Fido se coucha aux pieds du connétable.

— Sire, continua Artus, laissez-moi dire ; puis, lorsque j'aurai dit, vous me punirez si j'ai tort. Le noble duc mon père mourut, que nous étions encore bien jeunes ; le duc, Philippe le Hardi, qui était comme vous fils de roi, sire, se chargea de notre tutelle et nous emmena dans le pays de Picardie, mais bientôt il mourut à son tour, et je passai aux mains de monseigneur le duc de Berry, autre fils de roi, lequel chargea un brave écuyer, qui était du pays de Navarre, et qui avait nom Peronit, de faire mon éducation militaire, que le duc votre oncle surveilla lui-même avec le même soin que si j'eusse été son enfant ; c'est pour cela que, lors de l'assassinat du duc d'Orléans, en 1407, je fus du parti opposé au duc de Bourgogne ; c'était mon premier engagement, et ce fut de cette époque que je pris l'habitude de tenir les promesses que je faisais.

— Oui, je sais que vous êtes un loyal serviteur, mon cousin.

Artus s'inclina froidement et continua sans répondre directement à l'éloge du roi.

— De sorte qu'en 1413, lorsque monseigneur de Bourgogne et le roi Charles VI, votre père, contrairement aux intérêts du royaume, mirent le siège devant Bourges, je courus en Bretagne chercher secours, et cela à telles enseignes que je m'y pris de querelle avec Gilles, mon frère cadet, qui était Bourguignon. Je n'en obtins pas moins du duc Jean, mon frère aîné, mille six cents chevaliers et écuyers, parmi lesquels étaient le vicomte de La Belière, messire Armel de Châteaugiron et messire Eustache de la Monnaye : assemblée si formidable, et capitaines si vaillants, qu'en passant nous prîmes Sillé-le-Guillaume, Beaumont et l'Aigle d'assaut.

— Je me rappelle ces exploits, quoique je fusse bien jeune, mon cousin, interrompit une seconde fois le roi avec un mouvement marqué d'impatience ; mais Artus ne parut aucunement le remarquer, et continua.

— En 1415, à la première requête du roi Charles VI, et quoique j'assiégeasse Parthenay, je levai le camp de devant la ville pour aller à la rencontre du roi Henri d'Angleterre, qui assiégeait Harfleur. Monseigneur de Guyenne me donna pour cette entreprise tous les gens de sa maison et ses écuyers. J'y joignis cinq cents chevaliers et écuyers, parmi lesquels étaient Bertrand de Montauban, le sire de Combour, et Édouard de Rohan, qui portait ma bannière. Je rejoignis sur les bords de la Somme messeigneurs d'Orléans, de Bourbon, d'Albret, d'Alençon, de Brabant, de Nevers et d'Eu. Le vendredi 26 octobre 1415, nos bataillons s'assemblèrent près d'Azincourt, dans une place trop étroite pour combattre tant de vaillants hommes. Voilà pourquoi nous perdîmes la journée. — J'y fus fait prisonnier de la propre main du roi Henri, dont je brisai la couronne royale d'un coup de hache, après avoir abattu à ses pieds son frère Clarence. — Je lui jurai d'être son captif, secouru ou non secouru, tant qu'il serait vivant. Je restai prisonnier cinq ans en Angleterre. Je revins sur parole en Normandie, où je devins amoureux de madame de Guyenne, que je demandai pour femme, mais qui fit répondre qu'elle ne voulait pas épouser un prisonnier. Je pris patience et tins ma parole, quoique je l'aimasse fort, je vous jure, jusqu'au 31 août 1422, époque à laquelle le roi Henri mourut au château de Vincennes, près Paris. — Dès lors je me trouvai libre, car homme vivant n'avait plus rien à me demander. J'épousai madame de Guyenne, et je vins offrir mes services à Votre Altesse.

— Oui, mon cousin ; nous nous vîmes à Angers, et c'est alors que je vous offris l'épée de connétable, libre depuis la mort de Buchan.

— Le 7 mars 1424, je la reçus de votre main, sire, dans les prés de Chinon, et, en la recevant, je pris l'engagement de lever à mes frais et sur mes terres vingt mille hommes de troupe ; en échange, sire, vous prîtes celui de m'envoyer cent mille écus pour les solder pendant la campagne. — Est-ce vrai ?

— Oui, mon cousin.

— J'ai levé ces vingt mille hommes à mes frais et sur mes terres. Je les ai conduits en Normandie ; j'ai pris Pontorson, dont j'ai passé la garnison au fil de l'épée, et de là j'ai été mettre le siège devant Saint-James de Beuvron.

— Je connais tous ces exploits, mon cousin, et voilà pourquoi je m'étonne de vous voir ici.

— C'est que je vous rapporte votre épée de connétable, sire, car j'ai tenu toutes mes promesses, tandis que vous avez manqué à toutes les vôtres. — Pardon de vous la rendre en si mauvais état, continua Artus en la tirant du fourreau, mais elle s'est ainsi ébréchée et tronquée à force de frapper sur les armures anglaises.

— J'ai manqué à mes promesses, dit le roi, en regardant le tronçon d'épée que lui présentait le connétable, et auxquelles, mon cousin ? — De Giac fit un mouvement pour se lever et sortir. — Restez, dit le roi, en lui faisant signe de s'asseoir. — Vous voyez qu'on nous accuse ; restez pour nous défendre. — De Giac retomba sur son fauteuil.

— Il n'y a pas de ma faute, sire ; j'ai fait tout ce que j'ai pu pour soutenir ma troupe ; j'ai fait vendre chez des marchands de Rennes toutes mes orfèvreries et toutes mes vaisselles d'argent. — J'ai fait vendre jusqu'à ma chaîne et à mes éperons d'or, qui prouvaient que j'étais chevalier, jusqu'à la couronne de mon casque, qui prouvait que j'étais comte, et dont les perles m'avaient été données par ma mère, la reine d'Angleterre ; mais cela n'a pu suffire. Aussi, mon armée s'est-elle débandée pendant la nuit, faute d'argent, mettant le feu à ses logis, abandonnant ses bagages, son artillerie, ses machines. J'ai couru après ces félons et ces couards. Je me suis jeté à la tête de leurs escadrons, priant et menaçant ; mais ils n'ont rien écouté, ni menaces, ni prières ; ils m'ont renversé de cheval, ils m'ont passé sur le corps. Ils m'ont laissé évanoui sur la route ; et toute cette honte, sire, ne serait pas arrivée à la maison de Bretagne, qui vaut la maison de France, si Votre Majesté avait tenu sa parole.

— Mais en quoi donc y ai-je manqué, monsieur mon cousin ? dit à sont tour, en se levant et en pâlissant de colère, le roi Charles VII.

— En ne m'envoyant pas les cent mille écus que Votre Majesté m'avait promis.

— Ce que vous dites là est étrange, mon cousin, dit Charles, en se rasseyant, et en jetant un regard sur Pierre de Giac ; car les cent mille écus ont été décrétés à Mehun-sur-Yèvre par les trois états du royaume, à telles enseignes qu'un évêque, nommé maître Hugues Comberel, a soutenu que cette taxe était encore une nouvelle pillerie, et passerait aux mains de mes favoris, au lieu d'être employée à l'honneur du royaume. Ces cent mille écus ont été levés sur les bonnes villes, et ne sont, certes, pas restés dans notre caisse où il n'y a que quatre écus à cette heure, et la preuve, c'est que nous avons été forcé de faire crédit pour quarante livres au chapelain qui a baptisé le dauphin Louis.

— Mais alors, où donc est passée cette somme ? dit Artus avec étonnement.

— Demandez au chevalier de Giac, mon cousin, répondit timidement le roi ; il doit en savoir quelque chose, car je crois que c'est à lui qu'elle a été remise.

— Mais je crois, dit négligemment le chevalier en jouant avec sa chaîne d'or, et sans attendre l'interrogation de Richemont, je crois qu'elle sera passée, une partie à acheter ces six magnifiques gerfauts blancs que des marchands de Hongrie nous ont apportés ; l'autre, à remonter à neuf nos équipages de chasse, qui étaient dans un état indigne d'un grand roi, — et le reste…

— Et le reste, continua Artus en tremblant de colère, à remettre à neuf la maison de madame Catherine de l'Île-Bouchard, laquelle était indigne de la veuve du comte de Turenne et de la maîtresse de M. de Giac.

— Peut-être, répondit le chevalier d'un air moitié embarrassé, moitié insolent.

Artus s'agenouilla aux pieds du roi, y déposa le tronçon d'épée qu'il avait jusque-là tenu à la main, et, se relevant avec dignité, fit un mouvement pour sortir.

— Arrêtez, mon cousin ! lui dit Charles en le retenant. Nous ne reprenons pas votre parole.

— Sire, prenez-y garde, répondit Artus ; vous savez quelles sont les prérogatives du connétable du royaume.

— Oui, mon cousin, nous savons qu'elles sont presque égales à celles du roi.

— Vous savez que, parmi mes droits, est le droit de justice basse et haute, et que les sénéchaux, baillis, prévôts, maires, échevins, gardes et gouverneurs de bonnes villes, châteaux et forteresses, ponts, ports et passages, et généralement tous vos justiciers, doivent nous obéir comme à vous-même.

— Je le sais.

— Et Votre Altesse me confirme dans ces droits qu'elle m'a déjà donnés, au reste, par sa lettre patente du 7 mars 1424.

Le roi ramassa l'épée qui était restée à ses pieds, et la présentant à Richemont :

— Remettez cette épée en son fourreau, mon cousin, lui dit-il ; nous vous chargeons seulement d'y faire mettre une autre lame et de la choisir plus solide.

Richemont s'inclina. — Maintenant Votre Altesse veut-elle me faire remettre les clés de la ville ?

— Et pourquoi cela, mon cousin ?

— Parce que je désire aller faire mes dévotions à Notre-Dame du Bourg de Deolz, demain dès le point du jour, répondit Artus.

— Vous pouvez les prendre, dit le roi.

— Et maintenant que je n'ai plus rien à dire à Votre Altesse, permettra-t-elle que je me retire ?

— Allez, mon cousin, et que Dieu vous garde.

Le connétable salua profondément le roi, et se retira, reconduit jusqu'à la porte par Fido, qui l'avait pris en amitié.

Le lendemain, au point du jour, comme monseigneur Artus de Richemont était dans l'église de Notre-Dame de Deolz, et que le prêtre montait à l'autel, un écuyer vint lui dire que M. de Giac était arrêté selon ses ordres, et qu'on attendait son bon plaisir, pour savoir ce qu'il en fallait faire.

— Qu'Alain Giron et Robert de Montauban l'accompagnent jusque dans les prisons de Dun-le-

Roi, avec cent lances ; une fois qu'il y sera déposé, mon bailli sait quel est son office. Allez. — Quant à vous, Jehan de la Boissière, — ajouta le connétable, en se tournant vers un autre écuyer, — partez pour Bourges, et prévenez le bourreau qu'il se rende en diligence à Dun-le-Roi où l'attend de la besogne qui sera bien payée.

Ces ordres donnés, Richemont se mit à genoux, et écouta dévotement la messe.

IV

Maintenant nos lecteurs comprennent facilement pourquoi Artus de Richemont avait demandé au roi les clés de la ville. — C'était de peur que le chevalier de Giac ne prît la fuite pendant la nuit. Mais le chef des conseils se reposait trop sur la faveur dont l'honorait Charles pour concevoir aucune crainte, et pour chercher, par conséquent, à se soustraire au sort qui l'attendait. Aussi, lorsque les gens du connétable pénétrèrent dans sa maison, après avoir enfoncé la porte à coups de hache, ils le trouvèrent tranquillement couché et endormi. Les soldats le forcèrent de se lever sans lui donner le temps de passer d'autres vêtements qu'une longue robe de velours, et, l'entraînant jusqu'à la porte de la rue, ils le firent monter sur une petite haquenée qui avait, d'avance, été amenée pour lui. Alors arriva l'écuyer qui apportait les nouveaux ordres du connétable. La troupe se mit en marche pour Dun-le-Roi. Trois heures après, le chevalier était écroué dans les prisons de la ville, et le soir du même jour, le bailli lui lisait sa sentence de mort.

De Giac l'écouta, assis dans un coin, les pieds nus sur la dalle, les coudes appuyés sur ses genoux et la tête dans ses deux mains. — Lorsque la lecture fut finie, le bailli lui demanda s'il désirait quelque chose. — Un prêtre, répondit sourdement de Giac. — C'était la seule parole qu'il avait prononcée depuis son arrestation, ayant refusé obstinément de répondre aux interrogatoires. — Le bailli sortit.

L'homme de Dieu trouva, en entrant, le chevalier dans la même position, et voyant qu'une sueur abondante tombait du front du patient, il commença de l'exhorter à supporter la mort avec courage.

— Ce n'est pas la mort que je crains, dit Giac ; nous nous sommes trop souvent vus de près pour que j'en aie peur. Je la connais ; c'est une vieille amie ; et si elle venait seule, je la bénirais.

— La mort vient avec la miséricorde de Dieu, mon fils, dit le prêtre.

— Ou avec sa vengeance, mon père, répondit Giac.

— Ayez confiance en celui qui est mort pour la désarmer, continua le moine, tirant de sa poitrine un crucifix qu'il présenta au chevalier. Celui-ci étendit la main droite pour le prendre ; mais à peine l'eut-il touché qu'il jeta un cri comme s'il eût été de fer rouge. — Le crucifix tomba à terre.

— Sacrilège ! s'écria le moine.

— Ce n'est point un sacrilège, mon père, c'est un oubli, répondit Giac. J'aurais dû prendre ce crucifix de la main gauche, puisque la droite est déjà damnée ; et vous voyez, ajouta-t-il en le ramassant, en effet, de la main qu'il avait dite, et en baisant l'image sainte avec amour, que je n'ai point voulu insulter au symbole sacré de notre rédemption.

— Vous devez être un grand pécheur, mon fils, répondit le moine.

— Si grand que je crains qu'il n'y ait pas de pardon pour mes crimes.

— Vous êtes cependant bien jeune ?

— Jeune d'âge, vieux de cœur. Les années font marcher la vie, les douleurs la font courir. Le temps n'a pas de durée par lui-même ; c'est le bonheur et le malheur qui le divisent en minutes ou en siècles. — Et croyez-moi, mon père, quoique je n'aie pas un cheveu blanc sur la tête, peu de vieillards ont vécu autant que moi.

— Nos douleurs dans ce monde nous sont parfois comptées dans l'autre, mon fils. Rien n'est perdu pour qui se repent, et cette demande que vous avez faite d'un prêtre commence à me faire espérer que cette eau qui coule sur votre face, et que j'ai prise pour la sueur de la crainte, était celle du remords.

— Je vous ai fait demander comme un malade fait demander un médecin, quoiqu'il sache que sa maladie est mortelle. Je vous ai fait demander, parce que l'espoir est une chose si profondément enracinée au cœur de l'homme que lorsqu'il s'éteint dans cette vie, on espère le voir se rallumer dans l'autre. Je vous ai fait demander, enfin, parce que depuis dix ans mon sein renferme des secrets si terribles qu'il faut que je m'habitue à les dire à un homme, afin d'avoir le courage de les répéter à Dieu. — Le moine chercha des yeux un siège.

— Asseyez-vous sur cette pierre, lui dit Giac, en se laissant tomber sur ses genoux et en lui donnant sa place. — Le prêtre s'assit.

— J'ai été heureux, mon père. Les vingt-cinq premières années de ma vie se sont passées dans la joie et le plaisir. J'étais riche, noble, brave. J'étais le favori du duc Jean sans Peur, qui, comme vous le savez, était le plus puissant duc de la chrétienté.

— Oui, murmura le prêtre, pour le malheur de ce pauvre pays de France.

— Ah ! vous êtes Dauphinois, mon père ?

— J'ai été élevé dans l'amour de mes princes et dans la haine des Anglais.

— Moi, je n'avais ni amour ni haine. Je me trompe, j'avais de l'amour, mais non point de cet amour dont vous me parlez ; peu m'importait qui tenait le royaume de France, de ses rois légitimes ou du roi conquérant, pourvu que le bras de Catherine s'appuyât sur le mien, pourvu que ses yeux me regardassent avec tendresse, pourvu que sa bouche me dît : Je t'aime… Je devins son époux ; toute ma vie était dans cette femme, mon père, joie et douleur, depuis le sourire jusqu'au sanglot ; j'aurais donné pour elle je ne dirais pas mon rang, mon bien, mes richesses, mais ma vie, mon honneur, mon âme ; mon père, cette femme me trompait. Un jour je surpris une lettre, cette lettre indiquait un rendez-vous ; je ne voulus croire que mes yeux ; je me cachai, et je vis Catherine s'avancer appuyée au bras de son amant, ses yeux perdus dans ceux de son amant ; je l'entendis échanger le mot *je t'aime* avec son amant, et cet amant, c'était celui que je respectais comme mon prince, que j'aimais comme mon père ; cet amant, c'était le duc Jean de Bourgogne.

— Sa plus grande trahison n'est point celle que vous lui reprochez, mon fils.

— Grande et petite, il les a payées toutes deux ensemble ; c'est moi qui le décidai à l'entrevue de Montereau, mon père, c'est moi qui fis établir les tentes de manière à ce qu'il n'y eût point de barrière ; c'est moi qui donnai le signal à Tanneguy Duchâtel, à Narbonne et à Robert-de-Loire, et si je ne le frappai pas après eux, c'est qu'une dernière blessure aurait terminé son agonie, et m'aurait volé la volupté de ses dernières douleurs.

— Le duc méritait la mort, dit le prêtre en fronçant les sourcils. Que l'absolution du Seigneur descende donc sur ceux qui l'ont frappé, car ils ont sauvé la France.

— Ce n'est pas tout, mon père : je n'avais puni que l'un des coupables, restait encore sa complice ; j'allai la trouver. Faut-il tout vous dire, et ne savez-vous pas à quels excès de vengeance la jalousie peut porter le cœur de l'homme ? Je versai, oui, je versai de ma main du poison dans le verre de cette femme pour laquelle deux mois auparavant j'aurais donné ma vie ; puis quand elle eut avalé le poison, je la fis monter à cheval derrière moi, liée autour de moi, enchaînée à moi, et je lançai mon cheval par la solitude, l'espace et la nuit : pendant deux heures je sentis se tordre dans les douleurs ce corps que j'avais si souvent porté avec délice dans mes bras pour lui épargner une fatigue. Pendant deux heures, j'entendis se lamenter cette voix dont le son m'avait si souvent fait tressaillir de joie et de bonheur ; enfin, au bout de deux heures, je ne sentis plus rien, je n'entendis plus rien. Mon cheval s'était arrêté sur les bords de la Seine ; je descendis, Catherine était morte ; cheval et cadavre, je poussai tout dans la rivière, et tout disparut.

— Quelque grande que fût sa faute, vous avez outrepassé vos droits en vous faisant justice. En état de vie ordinaire, c'est un crime qui ne peut être remis que par le Saint-Père ; mais à l'heure de la mort, tout prêtre a les mêmes pouvoirs : espérez donc, mon fils, car la miséricorde de Dieu est grande.

— Alors, mon père, je me jetai dans tout ce que l'homme appelle les joies, les plaisirs et les honneurs de la vie : débauches, gloire, richesses, j'épuisai tout ; les hommes avaient été sans foi et sans honneur pour moi, je fus sans foi et sans honneur pour eux. Je trahis qui m'aimait, comme j'avais été trahi de ceux que j'avais aimés : amis, maîtresses, pays, ne furent plus que de vains mots que je sacrifiai à un caprice. Et cela dura dix ans, mon père, dix ans de damnation, que les hommes crurent dix ans de bonheur, dix ans pendant lesquels il ne se passa pas une minute du jour et une heure de la nuit, sans que je visse le duc et Catherine dans les bras l'un de l'autre : veille ou sommeil n'y faisait rien, tant ce souvenir était passé dans mon cœur et faisait partie de ma vie, et cependant j'entendais dire, quand je passais : Voilà le favori, voilà le puissant, voilà l'heureux !...

— Et comment ces crimes restèrent-ils cachés aux yeux des hommes ?

— C'est qu'une puissance supérieure à la puissance humaine m'avait pris sous sa protection fatale, car je ne vous ai pas tout dit, mon père : dans un moment de douleur, de désespoir, dans un moment où je souffrais tant que je croyais que j'allais mourir, j'offris ma main droite à qui m'offrirait les moyens de me venger.

— Eh bien ! dit le prêtre.

— Le pacte fut accepté, mon père, murmura Giac, en devenant plus pâle encore ; voilà pourquoi je me suis si bien vengé ; voilà pourquoi ma vengeance est restée cachée aux regards des hommes ; voilà pourquoi, lorsque vous m'avez présenté le crucifix, et que j'ai voulu le prendre, il m'a brûlé comme une flamme.

— Arrière ! s'écria le prêtre en frissonnant de terreur et en se dressant dans l'angle du mur ; arrière ! toi qui as fait alliance avec Satan !

— Mon père !

— Ne m'approche pas, maudit ! Notre Saint-Père le Pape lui-même voudrait t'absoudre qu'il ne le pourrait pas ; car, ouvrît-il à ton corps les portes du ciel, ta main n'en brûlerait pas moins éternellement en enfer. Laisse-moi donc sortir, car je n'ai plus besoin ici. — Giac fit place, et le prêtre s'avança vers la porte qu'il ouvrit.

— Ainsi, malgré mes prières, mon repentir, mes remords, tu refuses de m'absoudre, prêtre ! continua Giac.

— Je ne le puis, répondit le moine, tant que ta main tiendra à ton corps.

— Eh bien ! s'écria Giac, prêtre, rends-moi un dernier service ?

— Lequel ? dit le moine en ouvrant la porte.

— Envoie-moi le bourreau, et quand tu le verras sortir, rentre. — Et Giac se rassit avec tranquillité sur la pierre où le moine l'avait trouvé.

— La chose sera faite comme vous le désirez, dit le prêtre en refermant la porte ; et l'on entendit le bruit de ses sandales se perdre dans le corridor.

De Giac, resté seul, tira les bagues qu'il portait à la main gauche et les passa aux doigts de la main droite. À peine avait-il achevé cette mutation que le bourreau entra. De Giac marche à lui.

— Écoute, lui dit-il, voici à cette main pour plus de deux cents écus d'or, de bagues et de pierreries, que je pourrais donner à un prêtre, afin qu'il dise des messes pour le salut de mon âme.

Giac fit une pose, regarda le bourreau dont les yeux étincelaient de cupidité.

— Eh bien ! continua Giac en relevant la manche de sa robe, et en posant son bras sur une colonne tronquée qui s'élevait au milieu du cachot, prends ton épée, coupe cette main, et les bagues sont à toi.

Le bourreau tira son épée sans dire une parole, lui fit faire deux tours pour prendre sa mesure et, du troisième, abattit la main du sire de Giac ; puis, ramassant cette main, il la mit dans sa poche de cuir et sortit. Un instant après, le moine rentra.

— Maintenant, lui dit Giac, en marchant à lui et en lui montrant son poignet sanglant et mutilé, tu peux me donner l'absolution, prêtre ; je n'ai plus ma main.

Le lendemain, le sire de Giac fut jeté à l'eau et noyé.

HISTOIRE D'UN MORT
RACONTÉE PAR LUI-MÊME
INVRAISEMBLANCE

Un matin, à peine étais-je réveillé que mon domestique entra dans ma chambre, m'apportant une lettre sur laquelle il y avait *pressée*. Il ouvrit le rideau ; le jour, qui s'était probablement trompé, était beau, et le soleil entra chez moi splendide comme un conquérant. Je me frottai les yeux pour voir de qui pouvait venir cette lettre, tout en m'étonnant de n'en recevoir qu'une. L'écriture m'était complètement inconnue. Après l'avoir longtemps retournée pour deviner la signature, je l'ouvris, et voici ce qu'il y avait.

Monsieur, j'ai lu Les Trois Mousquetaires*, car je suis riche, et j'ai beaucoup de temps à moi...*

— Voilà un monsieur bien heureux ! me dis-je, et je continuai :

Je vous avouerai que cela m'a assez amusé ; mais j'ai eu la curiosité de savoir, ayant beaucoup de temps devant moi, si vous les aviez réellement pris dans les Mémoires de M. de la Fère. *Comme j'étais à Carcassonne, j'écrivis à l'un de mes amis demeurant à Paris d'aller à la Bibliothèque, de demander ces* Mémoires, *et de m'écrire si réellement vous leur avez emprunté ces détails. Mon ami, qui est un homme sérieux, me répondit que vous les aviez copiés mot à mot, et que, vous autres auteurs, vous n'en faisiez jamais d'autres. Je vous préviens donc, monsieur, que j'ai dit cela à Carcassonne, et que nous nous désabonnerons au* Siècle *si cela continue.*

J'ai l'honneur de vous saluer,

***.

Je sonnai.

— S'il me vient des lettres aujourd'hui, vous les garderez, dis-je au domestique, et vous ne me les donnerez que le jour où vous me verrez trop gai.

— Les manuscrits en sont-ils, monsieur ?

— Pourquoi cela ?

— C'est qu'on vient d'en apporter un à l'instant.

— Bien ! il ne manquait plus que cela ! Mettez-le dans un endroit où il ne puisse pas se perdre ; mais ne me montrez pas cet endroit.

Il le mit sur la cheminée, ce qui me prouva que, décidément, mon domestique était plein d'intelligence.

Il était dix heures et demie ; je me mis à la fenêtre : le jour, comme je l'ai dit, était superbe ; le soleil semblait pour jamais vainqueur des nuages ;

tous les gens qui passaient avaient l'air heureux ou du moins contents.

J'éprouvai, comme tout le monde, le désir de prendre l'air autre part qu'à ma fenêtre ; je m'habillai et je sortis.

Le hasard fit, car, lorsque je prends l'air, peu m'importe que ce soit dans une rue ou dans une autre, le hasard fit, dis-je, que je passai devant la Bibliothèque.

Je montai ; je trouvai, comme toujours, Pâris, qui vint à moi avec un sourire charmant.

— Donnez-moi donc, lui dis-je, les *Mémoires de la Fère.*

Il me regarda un instant, comme s'il eût eu à répondre à un fou ; puis, avec le plus grand sang-froid, il me dit :

— Vous savez bien qu'ils n'existent pas, puisque c'est vous qui avez dit qu'ils existaient !

Ce discours, tout concis qu'il était, me parut plein de sève, et, pour remercier Pâris, je lui fis don de l'autographe que j'avais reçu de Carcassonne.

Quand il eut fini de lire :

— Consolez-vous ! me dit-il, vous n'êtes pas le premier qui venez demander les *Mémoires de la Fère* : j'ai déjà vu au moins trente personnes qui ne sont venues que pour cela, et qui doivent vous haïr de les avoir dérangées pour rien.

J'avais besoin d'une nouvelle, et, puisque j'étais à la Bibliothèque, et qu'il y a des gens qui affirment qu'on y trouve des romans tout faits, je demandai le catalogue.

Il n'y avait rien, bien entendu.

Le soir, quand je rentrai, je trouvai au beau milieu de ma table et de mes papiers le manuscrit du matin. Puisque c'était une journée perdue, j'ouvris ce manuscrit.

Il y avait une lettre qui l'accompagnait. C'était le jour aux lettres anonymes ; mais celle-là était encore plus étrange que les autres.

Monsieur,

Quand vous lirez ces quelques feuilles, celui qui les a écrites aura pour jamais disparu. Je ne laisse rien que ces pages, et je vous les donne : faites-en ce que vous voudrez...

C'était intitulé : Invraisemblance.

Je ne sais si c'est parce qu'il faisait nuit, mais la première chose que je lus me frappa ; et voici ce que je lus :

HISTOIRE D'UN MORT
racontée par lui-même

Un soir de décembre, nous étions trois dans l'atelier d'un peintre ; il faisait un temps sombre et froid, et la pluie battait les vitres de son bruit continuel et monotone.

L'atelier était immense et faiblement éclairé par la lueur d'un poêle, autour duquel nous étions groupés.

Quoique nous fussions tous jeunes et gais, la conversation avait pris, malgré nous, un reflet de cette soirée triste, et les paroles joyeuses avaient été vite épuisées.

L'un de nous irritait sans cesse une belle flamme de punch bleue, qui jetait sur tous les objets environnants une clarté fantastique ; les grandes ébauches, les christs, les bacchantes, les madones, semblaient se mouvoir et danser contre les murs comme de grands cadavres, confondus dans le même ton verdâtre. Cette vaste salle, rayonnante, dans le jour, des créations du peintre, étoilée de ses rêves, avait pris, ce soir-là, dans l'obscurité, un caractère étrange.

Chaque fois que la cuiller d'argent retombait dans le bol plein de la liqueur allumée, les objets se dessinaient sur les murailles avec des formes inconnues, avec des teintes inouïes, depuis les vieux prophètes à la barbe blanche jusqu'à ces caricatures dont les murs des ateliers se peuplent, et qui semblaient une armée de démons comme on en voit en rêve, ou comme en groupait Goya. Enfin, le calme brumeux et frais du dehors complétait le fantastique du dedans.

Ajoutez à cela que, chaque fois que nous nous regardions à cette clarté d'un moment, nous nous apparaissions avec des figures d'un gris vert, les yeux fixes et luisants comme des escarboucles, les lèvres pâles et les joues creuses ; mais ce qu'il y avait de plus affreux, c'était un masque en plâtre, moulé sur un de nos amis mort depuis quelque temps ; lequel masque, accroché près de la fenêtre, recevait aux trois quarts le reflet du punch, ce qui lui donnait une physionomie étrangement railleuse.

Tout le monde a subi comme nous l'influence des salles vastes et ténèbreuses, comme les dépeint Hoffmann, comme les peint Rembrandt ; tout le monde a éprouvé, au moins une fois, de ces peurs sans cause, de ces fièvres spontanées, à la vue d'objets à qui le rayon blafard de la lune ou la lumière douteuse d'une lampe prêtent une forme mystérieuse ; tout le monde s'est trouvé dans une chambre grande et sombre, à côté de quelque ami, écoutant quelque conte invraisemblable, éprouvant cette terreur secrète que l'on peut faire cesser tout à coup en allumant une lampe ou en causant d'autre chose : ce qu'on se garde bien de faire, tant notre pauvre cœur a besoin d'émotions, qu'elles soient vraies ou fausses.

Enfin, ce soir-là, comme nous l'avons dit, nous étions trois. La conversation, qui ne prend jamais une ligne droite pour arriver à son but, avait suivi toutes les phases de nos pensées de vingt ans : tantôt légère comme la fumée de nos cigarettes, tantôt joyeuse comme la flamme du punch, tantôt sombre comme le sourire de ce masque de plâtre.

Nous étions arrivés à ne plus causer du tout ; les cigares, qui suivaient le mouvement des têtes et des mains, brillaient comme trois auréoles voltigeant dans l'ombre.

Il était évident que le premier qui allait ouvrir la bouche et qui troublerait le silence, fût-ce même par une plaisanterie, causerait un effroi d'un moment aux deux autres, tant nous étions enfoncés, chacun de notre côté, dans une rêverie peureuse.

— Henri, dit celui qui brûlait le punch en s'adressant au peintre, as-tu lu Hoffmann ?

— Je crois bien ! répondit Henri.

— Et qu'en penses-tu ?

— Je pense que c'est tout bonnement admirable, et d'autant plus admirable que celui qui écrivait cela croyait évidemment à ce qu'il écrivait. Et je sais, quant à moi, que, comme je le lisais le soir, je suis allé me coucher bien souvent sans fermer mon livre et sans oser regarder derrière moi.

— Ainsi, tu aimes le fantastique ?

— Beaucoup

— Et toi ? dit-il en s'adressant à moi.

— Moi aussi.

— Eh bien ! je vais vous raconter une histoire fantastique qui m'est arrivée.

— Cela ne pouvait pas finir autrement ; raconte.

— C'est une histoire qui t'est arrivée à toi-même ? repris-je.

— À moi-même.

— Eh bien ! raconte ; je suis disposé à tout croire aujourd'hui.

— D'autant plus que, sur l'honneur, je vous garantis que j'en suis le héros.

— Eh bien ! va ; nous t'écoutons.

Il laissa tomber la cuiller dans le bol. La flamme s'éteignit peu à peu, et nous restâmes dans une obscurité complète, ayant les jambes seules éclairées par le feu du poêle.

Il commença.

... *Un soir, voilà à peu près un an, il faisait exactement le même temps qu'aujourd'hui, même froid, même pluie, même tristesse. J'avais beaucoup de malades, et, après avoir fait ma dernière visite, au lieu d'aller un instant aux Italiens, comme j'en ai l'habitude, je me fis ramener chez moi. J'habitais une des rues les plus désertes du faubourg Saint-Germain. J'étais très fatigué, et je fus bien vite couché. J'éteignis ma lampe, et, pendant quelque temps, je m'amusai à regarder mon feu, qui brûlait et faisait danser de grandes ombres sur le rideau de mon lit ; puis, enfin, mes yeux se fermèrent, et je m'endormis.*

Il y avait environ une heure que je dormais quand je sentis une main qui me secouait vigoureusement. Je me réveillai en sursaut, comme un homme qui espérait dormir longtemps, et je remarquai avec étonnement mon nocturne visiteur. C'était mon domestique.

— Monsieur, me dit-il, levez-vous tout de suite ; on vient vous chercher pour une jeune dame qui se meurt.

— Et où demeure cette jeune dame ? lui dis-je.

— Presque vis-à-vis ; du reste, il y a là celui qui vient vous demander qui vous y conduira.

Je me levai et m'habillai à la hâte, pensant que l'heure et la circonstance feraient excuser mon costume ; je pris ma lancette et suivis l'homme qu'on m'avait envoyé.

Il pleuvait à torrents.

Heureusement, je n'avais que la rue à traverser, et je fus tout de suite chez la personne qui réclamait mes soins. Elle habitait un hôtel vaste et aristocratique. Je traversai une grande cour, montai quelques marches d'un perron, passai par un vestibule où se trouvaient des domestiques qui m'attendaient ; on me fit monter un étage, et je me trouvai bientôt dans la chambre de la malade. C'était une grande pièce toute meublée de vieux meubles en bois noir sculpté. Une femme m'introduisit dans cette chambre, où personne ne nous suivit. J'allai droit à un grand lit à colonnes, tendu d'une ancienne et riche étoffe de soie, et je vis sur l'oreiller la plus ravissante tête de madone qu'ait jamais rêvée Raphaël. Elle avait des cheveux dorés comme un flot du Pactole, se déroulant autour de son visage d'un galbe angélique ; elle avait les yeux à demi fermés, la bouche entrouverte et laissant voir une double rangée de perles. Son cou était éblouissant de blancheur, pur de lignes ; sa chemise, entrouverte, laissait voir une poitrine belle à tenter saint Antoine, et, quand je pris sa main, je me rappelai ces bras blancs qu'Homère donne à Junon. Enfin, cette femme était le type de l'ange chrétien et de la déesse païenne ; tout en elle révélait la pureté de l'âme et la fougue des sens. Elle eût pu poser à la fois pour la Vierge sainte ou pour une bacchante lascive, donner la folie à un sage et la foi à un athée ; et, quand je m'approchai d'elle, je sentis à travers la chaleur de la fièvre ce parfum mystérieux, fait de tous les parfums de fleurs, qui émane de la femme.

Je restais, oubliant quelle cause m'avait amené, la regardant comme une révélation, et ne retrouvant rien de pareil ni dans mes souvenirs ni dans mes rêves, lorsqu'elle tourna la tête vers moi, ouvrit ses grands yeux bleus et me dit :

— Je souffre beaucoup.

Elle n'avait cependant presque rien. Une saignée, et elle était sauvée. Je pris ma lancette ; mais, au moment de toucher ce bras si blanc et si beau, ma main tremblait. Cependant le médecin l'emporta sur l'homme. Dès que j'eus ouvert la veine, il en coula un sang pur comme du corail en fusion, et elle s'évanouit.

Je ne voulus plus la quitter. Je restai auprès d'elle. J'éprouvais un secret bonheur à tenir la vie de cette femme entre mes mains ; j'arrêtai le sang, elle rouvrit peu à peu les yeux, porta la main qu'elle avait libre à sa poitrine, se tourna vers moi, et, me regardant d'un de ces regards qui damnent ou qui sauvent :

— Merci, me dit-elle, je souffre moins.

Il y avait tant de volupté, d'amour et de passion autour d'elle, que j'étais cloué à ma place, comptant chaque battement de mon cœur aux battements du sien, écoutant sa respiration encore un peu fiévreuse, et me disant que, s'il y avait quelque chose du ciel sur cette terre, ce devait être l'amour de cette femme.

Elle s'endormit.

J'étais presque agenouillé sur les marches de son lit, comme un prêtre à l'autel. Une lampe d'albâtre, suspendue au plafond, jetait une clarté charmante sur tous les objets. J'étais seul auprès d'elle. La femme qui m'avait introduit était sortie pour annoncer que sa maîtresse allait bien et n'avait plus besoin de personne. En effet, sa maîtresse était là, calme et belle comme un ange endormi dans sa prière. Quant à moi, j'étais fou…

Cependant je ne pouvais demeurer dans cette chambre toute la nuit. Je sortis donc à mon tour sans faire de bruit, pour ne pas la réveiller. J'ordonnai quelques soins en m'en allant, et je dis que je reviendrais le lendemain.

Quand je fus rentré chez moi, je veillai avec son souvenir. Je comprenais que l'amour de cette femme devait être un enchantement éternel fait de rêverie et de passion, qu'elle devait être pudique comme une sainte et passionnée comme une courtisane ; je conçus qu'au monde elle devait cacher tous les trésors de sa beauté, et qu'à son amant elle devait se livrer nue et tout entière. Enfin sa pensée brûla ma nuit, et lorsque vint le jour j'en étais amoureux fou.

Cependant, après les pensées folles d'une nuit agitée, vinrent les réflexions : je me dis que peut-être un abîme infranchissable me séparait de cette femme ; qu'elle était trop belle pour ne pas avoir un amant ; qu'il devait être trop aimé pour qu'elle l'oubliât, et je me mis à le haïr sans le connaître, cet homme à qui Dieu donnait assez de félicité dans ce monde pour qu'il pût souffrir, sans murmurer, une éternité de douleurs.

J'attendais impatiemment l'heure à laquelle je pouvais me présenter chez elle, et le temps que je passai à l'attendre me parut un siècle.

Enfin l'heure vint et je partis.

Quand j'arrivai, on me fit entrer dans un boudoir d'un goût exquis, d'un rococo enragé, d'un pompadour étourdissant ; elle était seule et lisait ; une grande robe de velours noir l'enfermait de toutes parts, ne laissant voir, comme aux vierges du Pérugin, que les mains et la tête ; elle tenait coquettement en écharpe le bras que j'avais saigné, étalait devant le feu ses deux petits pieds, qui ne semblaient pas faits pour marcher sur notre terre ; enfin cette femme était si complètement belle que Dieu semblait l'avoir donnée au monde comme une esquisse de ses anges.

Elle me tendit la main et me fit asseoir à côté d'elle.

— Si tôt levée, madame ! lui dis-je, vous êtes imprudente.

— Non, je suis forte, me dit-elle en souriant, j'ai fort bien dormi, et d'ailleurs je n'étais pas malade.

— Vous disiez souffrir, cependant ?

— Plus de la pensée que du corps, fit-elle avec un soupir.

— Vous avez un chagrin, madame ?

— Oh ! profond. Heureusement que Dieu est médecin aussi, et qu'il a trouvé la panacée universelle, l'oubli.

— Mais il y a des douleurs qui tuent, lui dis-je.

— Eh bien ! la mort ou l'oubli, n'est-ce pas la même chose ? l'une est la tombe du corps, l'autre est la tombe du cœur : voilà tout.

— Mais vous, madame, dis-je, comment pouvez-vous avoir un chagrin ? Vous êtes trop haut pour qu'il vous atteigne, et les douleurs doivent passer sous vos pieds comme les nuages sous les pieds de Dieu ; à nous les orages, à vous la sérénité !

— C'est ce qui vous trompe, reprit-elle, et ce qui prouve que toute votre science s'arrête là, au cœur.

— Eh bien ! lui dis-je, tâchez d'oublier, madame. Dieu permet quelquefois qu'une joie succède à la douleur, que le

sourire succède aux larmes, c'est vrai ; et, quand le cœur de celui qu'il éprouve est trop vide pour se remplir tout seul, quand la blessure est trop profonde pour se fermer sans secours, il envoie sur la route de celle qu'il veut consoler une âme autre qui la comprend ; car il sait qu'on souffre moins en souffrant à deux ; et il arrive un moment où le cœur vide se remplit de nouveau, et où la blessure se cicatrise.

— Et quel est le dictame, docteur, me dit-elle, avec lequel vous panseriez une pareille blessure ?

— C'est selon le malade, lui répondis-je ; aux uns, je conseillerais la foi ; aux autres, je conseillerais l'amour.

— Vous avez raison, me dit-elle ; ce sont les deux sœurs de charité de l'âme.

Il se fit un silence assez long pendant lequel j'admirai ce visage divin, sur lequel le demi-jour qui filtrait à travers les rideaux de soie jetait des teintes charmantes, et ces beaux cheveux d'or, non plus déroulés comme la veille, mais lissés sur les tempes et s'emprisonnant eux-mêmes derrière la tête.

La conversation avait pris, dès le commencement, cette tournure triste ; aussi cette femme m'apparaissait-elle plus radieuse encore que la première fois, avec sa triple couronne de beauté, de passion et de douleur. Dieu l'avait complétée par le martyre, et il fallait que celui à qui elle donnerait son âme acceptât la double mission, doublement sainte, de lui faire oublier le passé et de lui faire espérer l'avenir.

Aussi restai-je devant-elle, non plus fou comme je l'étais la veille, devant sa fièvre, mais recueilli devant sa résignation. Si elle se fût donnée à moi dans ce moment, je serais tombé à ses pieds, je lui aurais pris les mains, et j'aurais pleuré avec elle comme avec une sœur, respectant l'ange, consolant la femme.

Mais quelle était cette douleur à faire oublier, qui avait fait cette blessure saignante encore ? c'est ce que j'ignorais, c'est ce qu'il fallait deviner, car il y avait entre la malade et le médecin assez d'intimité déjà pour qu'elle m'avouât son chagrin, mais il n'y en avait pas encore assez pour qu'elle m'en dît la cause. Rien autour d'elle ne pouvait me mettre sur la voie : la veille, personne n'était venu à son chevet s'inquiéter d'elle ; le lendemain, personne ne se présentait pour la voir. Cette douleur devait donc déjà être dans le passé et se refléter seulement dans le présent.

— Docteur, me dit-elle tout à coup en sortant de sa rêverie, je pourrai bientôt danser ?

— Oui, madame, lui dis-je, un peu étonné de cette transition.

— C'est qu'il faut que je donne un bal depuis longtemps attendu, reprit-elle ; vous y viendrez, n'est-ce pas ? Vous devez avoir bien mauvaise opinion de ma douleur, qui, tout en me faisant rêver le jour, ne m'empêche pas de danser la nuit. C'est que, voyez-vous, il est des chagrins qu'il faut refouler au fond de son cœur pour que le monde n'en apprenne rien ; il est des tortures qu'il faut masquer d'un sourire pour que personne ne les devine : et je veux garder pour moi seule ce que je souffre, comme un autre garderait sa joie. Ce monde, qui me jalouse et m'envie en me voyant belle, me croit heureuse, et c'est une conviction que je ne veux pas lui retirer. C'est pour cela que je danse, risque à pleurer le lendemain, mais à pleurer seule.

Elle me tendit la main avec un regard indéfinissable de candeur et de tristesse, et me dit :

— À bientôt, n'est-ce pas ?

Je portai sa main à mes lèvres, et je partis.

J'arrivai chez moi stupide.

De ma fenêtre je voyais les siennes ; je restai tout le jour à les regarder, tout le jour elles furent sombres et silencieuses. J'oubliais tout pour cette femme ; je ne dormais plus, je ne mangeais plus. Le soir, j'avais la fièvre, le lendemain matin le délire, et le lendemain soir j'étais mort.

— Mort ! nous écriâmes-nous.

— Mort ! reprit notre ami avec un accent de conviction qu'on ne peut rendre, mort comme Fabien, dont voici le masque.

— Continue, lui dis-je.

La pluie battait toujours contre les vitres. Nous remîmes du bois dans le poêle, dont la flamme rouge et vive éclairait un peu l'obscurité dans laquelle l'atelier disparaissait.

Il reprit :

À partir de ce moment, je n'éprouvai plus rien qu'une commotion froide. Ce fut sans doute le moment où l'on me jeta dans la fosse.

J'ignore depuis combien de temps j'étais enseveli quand j'entendis confusément une voix qui m'appelait par mon nom. Je tressaillis de froid sans pouvoir répondre. Quelques instants après, la voix m'appela encore ; je fis un effort pour parler, mais mes lèvres, en remuant, sentirent le linceul qui me recouvrait de la tête aux pieds. Cependant je parvins à articuler faiblement ces deux mots :

— Qui m'appelle ?

— Moi, répondit-on.

— Qui, toi ?

— Moi.

Et la voix allait s'affaiblissant comme si elle se fût perdue dans la bise, ou comme si ce n'eût été qu'un bruissement passager de feuilles.

Une troisième fois encore mon nom frappa mes oreilles, mais cette fois ce nom sembla courir de branche en branche, si bien que le cimetière tout entier le répéta sourdement, et j'entendis un bruit d'ailes, comme si ce nom, prononcé tout à coup dans le silence, eût fait envoler une troupe d'oiseaux de nuit.

Mes mains se portèrent à mon visage comme mues par des ressorts mystérieux. J'écartai silencieusement le linceul dont j'étais recouvert, et je tâchai de voir. Il me sembla que je me réveillais d'un long sommeil. J'avais froid.

Je me rappellerai toujours l'effroi sombre dont j'étais entouré. Les arbres n'avaient plus de feuilles et tordaient douloureusement leurs branches décharnées comme de grands squelettes. Un rayon faible de la lune, qui perçait à travers de longs nuages noirs, éclairait devant moi un horizon de tombes blanches qui semblaient un escalier du ciel, et toutes ces voix vagues de la nuit qui présidaient à mon réveil étaient pleines de mystère et de terreur.

Je tournai la tête et je cherchai celui qui m'avait appelé. Il était assis à côté de ma tombe, épiant tous mes mouvements, la tête appuyée sur les mains avec un sourire étrange, avec un regard horrible.

J'eus peur.

— Qui êtes-vous ? lui dis-je en réunissant toutes mes forces ; pourquoi m'éveiller ?

— Pour te rendre un service, me répondit-il.

— Où suis-je ?

— Au cimetière.

— Qui êtes-vous ?

— Un ami.

— Laissez-moi mon sommeil.

— Écoute, me dit-il, te souviens-tu de la terre ?

— Non.

— Tu ne regrettes rien ?

— Non.

— Depuis combien de temps dors-tu ?

— Je l'ignore.

— Je vais te le dire, moi. Tu es mort depuis deux jours, et ta dernière parole a été le nom d'une femme au lieu d'être celui du Seigneur. Si bien que ton corps serait à Satan, si Satan voulait le prendre. Comprends-tu ?

— Oui.

— Veux-tu vivre ?

— Vous êtes Satan ?

— Satan ou non, veux-tu vivre ?

— Seul ?

— Non, tu la reverras.

— Quand ?

— Ce soir.

— Où ?

— Chez elle.

— J'accepte, fis-je en essayant de me lever. Tes conditions ?

— Je ne t'en fais pas, répondit Satan ; crois-tu donc que de temps en temps je ne sois pas capable de faire le bien ? Ce soir elle donne un bal, et je t'y mène.

— Partons, alors.

— Partons.

Satan me tendit la main, et je me trouvai debout.

Vous peindre ce que j'éprouvai serait chose impossible. Je sentais un froid terrible qui glaçait mes membres, voilà tout ce que je puis dire.

— Maintenant, continua Satan, suis-moi. Tu comprends que je ne te ferai pas sortir par la grande porte, le concierge ne te laisserait pas passer, mon cher ; une fois ici, on ne sort plus. Suis-moi donc : nous allons chez toi d'abord, où tu t'habilleras ; car tu ne peux pas venir au bal dans le costume où te voilà, d'autant plus que ce n'est pas un bal masqué ; seulement enveloppe-toi bien dans ton linceul, car les nuits sont fraîches, et tu pourrais avoir froid.

Satan se mit à rire comme rit Satan, et je continuai de marcher auprès de lui.

— Je suis sûr, continua-t-il, que, malgré le service que je te rends, tu ne m'aimes pas encore. Vous êtes ainsi faits, vous autres hommes, ingrats pour vos amis. Non pas que je blâme l'ingratitude : c'est un vice que j'ai inventé, et c'est un des plus répandus ; mais je voudrais au moins te voir moins triste. C'est la seule reconnaissance que je te demande.

Je suivais toujours, blanc et froid comme une statue de marbre qu'un ressort caché fait mouvoir ; seulement, dans les moments de silence, on eût entendu mes dents se heurter sous un frisson glacial, et les os de mes membres craquer à chaque pas.

— Arriverons-nous bientôt ? dis-je avec effort.

— Impatient ! fit Satan. Elle est donc bien belle ?

— Comme un ange.

— Ah ! mon cher, reprit-il en riant, il faut avouer que tu manques de délicatesse dans tes paroles ; tu viens me parler d'ange, à moi qui l'ai été, d'autant plus qu'aucun ange ne ferait pour toi ce que je fais aujourd'hui. Je te pardonne encore : il faut bien passer quelque chose à un homme mort depuis deux jours. Puis, comme je te le disais, je suis fort gai ce soir ; il s'est fait aujourd'hui dans le monde des choses qui me ravissent. Je croyais les hommes dégénérés, je les croyais devenus vertueux depuis quelque temps, mais non : ils sont toujours les mêmes, tels que je les ai créés. Eh bien ! mon cher, j'ai rarement vu des journées comme celle-ci : j'ai eu depuis hier soir six cent vingt-deux suicides en Europe seulement, parmi lesquels il y a plus de jeunes gens que de vieillards, ce qui est une perte, parce qu'ils meurent sans enfants ; deux mille deux cent quarante-trois assassinats, toujours en Europe seulement ; dans les autres parties du monde, je ne compte plus : je suis pour celles-là comme les riches capitalistes, je ne peux pas énumérer ma fortune. Deux millions six cent vingt-trois mille neuf cent soixante-quinze adultères nouveaux ; ceci est moins étonnant à cause des bals ; douze cents juges qui se sont vendus ; ordinairement j'en ai davantage. Mais ce qui m'a fait le plus de plaisir, ce sont vingt-sept jeunes filles, dont l'aînée n'avait pas dix-huit ans, qui sont mortes en blasphémant Dieu. Compte, mon cher, cela me fait une rentrée

d'environ deux millions six cent vingt-huit mille âmes en Europe seulement. Je ne compte pas les incestes, les fausses monnaies, les viols : ce sont les centimes. Ainsi, calcule, en établissant une moyenne de trois millions d'âmes qui se perdent par jour, dans combien de temps le monde tout entier sera à moi. Je serai forcé d'acheter le paradis à Dieu pour agrandir l'enfer.

— Je comprends ta gaieté, murmurai-je en hâtant le pas.

— Tu me dis cela, reprit Satan d'un air sombre et douteux ; as-tu donc peur de moi parce que tu me vois en face ? Suis-je donc si repoussant ? Raisonnons un peu, je te prie : qu'est-ce que deviendrait le monde sans moi, un monde qui aurait des sentiments venus du ciel, et non des passions venues de moi ? Mais le monde mourrait de spleen, mon cher ! Qui est-ce qui a inventé l'or ? c'est moi ; le jeu ? c'est moi ; l'amour ? c'est moi ; les affaires ? c'est encore moi. Et je ne comprends pas les hommes, qui semblent tant m'en vouloir ! Vos poètes, par exemple, qui parlent d'amour pur, ne comprennent donc pas qu'en montrant l'amour qui sauve ils inspirent la passion qui perd ; car, grâce à moi, ce que vous recherchez toujours, ce n'est pas la femme comme la Vierge, c'est la pécheresse comme Ève. Et toi-même, dans ce moment, toi que je viens de tirer d'une tombe, toi qui as encore le froid d'un cadavre et la pâleur d'un mort, ce n'est pas un amour pur que tu vas chercher près de celle à qui je te conduis, c'est une nuit de volupté. Tu vois bien que le mal survit à la mort, et que, si l'homme avait à choisir, il préférerait l'éternité des passions à l'éternité du bonheur, et la preuve, c'est que, pour quel-

ques années de passions sur la terre, il perd l'éternité du bonheur dans le ciel.

— Arriverons-nous bientôt ? dis-je ; car l'horizon allait toujours se renouvelant, et nous marchions sans avancer.

— Toujours impatient ! répliqua Satan, et cependant je tâche d'abréger la route le plus que je peux. Tu comprends que je ne puis pas passer par la porte, il y a une grande croix, et la croix c'est ma douane. Comme je voyage ordinairement avec des choses défendues par elle, elle m'arrêterait, je serais forcé de me signer, et je puis bien faire un crime, mais je ne ferais pas un sacrilège ; et puis, comme je t'ai déjà dit, on ne te laisserait pas partir. Tu crois qu'on meurt, qu'on vous enterre, et qu'un beau jour on peut s'en aller sans rien dire ; tu te trompes, mon cher : sans moi il t'aurait fallu attendre la résurrection éternelle, ce qui aurait été long. Suis-moi donc, et sois tranquille, nous arriverons. Je t'ai promis un bal, tu l'auras : je tiens mes promesses, et ma signature est connue.

Il y avait dans toute cette ironie de mon sinistre compagnon quelque chose de fatal qui me glaçait ; tout ce que je viens de vous dire, je crois l'entendre encore.

Nous marchâmes encore quelque temps, puis nous arrivâmes enfin à un mur devant lequel étaient amoncelées des tombes formant escalier. Satan mit le pied sur la première, et, contre son habitude, marcha sur les pierres sacrées, jusqu'à ce qu'il fût au sommet de la muraille.

J'hésitais à suivre le même chemin, j'avais peur.

Il me tendit la main en me disant :

— Il n'y a pas de danger ; tu peux mettre le pied dessus, ce sont des connaissances.

Quand je fus auprès de lui :

— Veux-tu, me dit-il, que je te fasse voir ce qui se passe à Paris ?

— Non, marchons.

— Marchons, puisque tu es si pressé.

Nous sautâmes du mur à terre.

La lune, sous le regard de Satan, s'était voilée comme une jeune fille sous un regard effronté. La nuit était froide, toutes les portes étaient closes, toutes les fenêtres sombres, toutes les rues silencieuses, on eût dit que personne, depuis longtemps, n'avait foulé le sol sur lequel nous marchions : tout, autour de nous, avait un aspect fatal. Il semblait que, quand le jour allait venir, personne n'ouvrirait les portes, qu'aucune tête ne sortirait aux fenêtres, qu'aucun pas ne troublerait le silence : je croyais marcher dans une ville morte depuis des siècles et retrouvée dans des fouilles ; enfin la ville semblait s'être dépeuplée au profit du cimetière.

Nous marchions sans entendre un bruit, sans rencontrer une ombre ; le chemin fut long à travers cette ville effrayante de calme et de repos : enfin nous arrivâmes à notre maison :

— Te reconnais-tu ? me dit Satan.

— Oui, répondis-je sourdement ; entrons.

— Attends, il faut que j'ouvre. C'est encore moi qui ai inventé le vol avec effraction : j'ai une seconde clef de toutes les portes, excepté de celle du paradis, cependant.

Nous entrâmes. Le calme du dehors se continuait au dedans : c'était horrible.

Je croyais rêver ; je ne respirais plus. Vous figurez-vous rentrant dans votre chambre où vous êtes mort depuis deux jours, retrouvant toutes choses telles qu'elles étaient pendant votre maladie, empreintes seulement de cet air sombre que donne la mort, revoyant tous les objets rangés comme ne devant plus être touchés par vous ! La seule chose animée que j'eusse vue depuis ma sortie du cimetière fut ma grande pendule à côté de laquelle un être humain était mort, et qui continuait de compter les heures de mon éternité comme elle avait compté les heures de ma vie.

J'allai à la cheminée, j'allumai une bougie pour m'assurer de la vérité, car tout ce qui m'entourait m'apparaissait à travers une clarté pâle et fantastique qui me donnait pour ainsi dire une vue intérieure. Tout était réel : c'était bien ma chambre ; je vis le portrait de ma mère, me souriant toujours ; j'ouvris les livres que je lisais quelques jours avant ma mort ; seulement le lit n'avait plus de draps, et il y avait des scellés partout.

Quant à Satan, il s'était assis au fond, et lisait attentivement La Vie des saints.

En ce moment, je passai devant une grande glace, et je me vis dans mon étrange costume, couvert d'un linceul, pâle, les yeux ternes. Je doutai de cette vie que me rendait une puissance inconnue, et je me mis la main sur le cœur.

Mon cœur ne battait pas.

Je portai la main à mon front, le front était froid comme la poitrine, le pouls muet comme le cœur : et cependant je reconnaissais tout ce que j'avais quitté ; il n'y avait donc que la pensée et les yeux qui vécussent en moi.

Ce qu'il y avait d'horrible encore, c'est que je ne pouvais détacher mon regard de cette glace qui me renvoyait mon image sombre, glacée, morte. Chaque mouvement de mes lèvres se reflétait comme le hideux sourire d'un cadavre. Je ne pouvais pas quitter ma place ; je ne pouvais pas crier.

L'horloge fit entendre ce ronflement sourd et lugubre qui précède la sonnerie des vieilles pendules, et sonna deux heures ; puis tout redevint calme.

Quelques instants après, une église voisine sonna à son tour, puis une autre, puis une autre encore.

Je voyais dans un coin de la glace Satan, qui s'était endormi sur La Vie des saints.

Je parvins à me retourner. Il y avait une glace en face de celle que je regardais, si bien que je me voyais répété des milliers de fois avec cette clarté pâle d'une seule bougie dans une vaste salle.

La peur était arrivée à son comble : je poussai un cri.

Satan se réveilla.

— Voilà pourtant avec quoi, me dit-il en me montrant le livre, on veut donner la vertu aux hommes ! C'est si ennuyeux que je me suis endormi, moi qui veille depuis six mille ans. Tu n'es pas encore prêt ?

— Si, répliquai-je machinalement, me voilà.

— Hâte-toi, répliqua Satan, brise les scellés, prends tes habits et de l'or surtout, beaucoup d'or ; laisse tes tiroirs ouverts, et demain la justice trouvera bien moyen de condamner quelque pauvre diable pour rupture de scellés ; ce sera mon petit bénéfice.

Je m'habillai. De temps en temps je me touchais le front et la poitrine : tous deux étaient froids.

Quand je fus prêt, je regardai Satan.

— Nous allons la voir ? lui dis-je.

— Dans cinq minutes.

— Et demain ?

— Demain, me dit-il, tu reprendras ta vie ordinaire ; je ne fais pas les choses à demi.

— Sans conditions ?

— Sans conditions.

— Partons, lui dis-je.

— Suis-moi.

Nous descendîmes.

Au bout de quelques instants nous étions devant la maison où l'on m'avait fait appeler quatre jours auparavant.

Nous montâmes.

Je reconnus le perron, le vestibule, l'antichambre. Les abords du salon étaient pleins de monde. C'était une fête éblouissante de lumières, de fleurs, de pierreries et de femmes.

On dansait.

À la vue de cette joie, je crus à ma résurrection.

Je me penchai à l'oreille de Satan, qui ne m'avait pas quitté.

— Où est-elle ? lui dis-je.

— Dans son boudoir.

J'attendis que la contredanse fût finie. Je traversai le salon ; les glaces aux feux des bougies me renvoyèrent mon image pâle et sombre. Je revis ce sourire qui m'avait glacé ; mais là ce n'était plus la solitude, c'était le monde ; ce n'était plus le cimetière, c'était un bal ; ce n'était plus la tombe, c'était l'amour. Je me laissai enivrer, et j'oubliai un instant d'où je venais, ne pensant qu'à celle pour qui j'étais venu.

Arrivé à la porte du boudoir, je la vis ; elle était plus belle que la beauté, plus chaste que la foi. Je m'arrêtai un instant comme en extase ; elle était vêtue d'une robe d'une blancheur éblouissante, les épaules et les bras nus. Je revis, plutôt en imagination qu'en réalité, un petit point rouge à l'endroit que j'avais saigné. Quand je parus, elle était entourée de jeunes gens qu'elle écoutait à peine ; elle leva nonchalamment ses beaux yeux si pleins de volupté, m'aperçut, sembla hésiter à me reconnaître, puis, me faisant un sourire charmant, quitta tout le monde et vint à moi.

— Vous voyez que je suis forte, me dit-elle.

L'orchestre se fit entendre.

— Et, pour vous le prouver, continua-t-elle en me prenant le bras, nous allons valser ensemble.

Elle dit quelques mots à quelqu'un qui passait à côté d'elle. Je vis Satan auprès de moi.

— Tu m'as tenu parole, lui dis-je, merci ; mais il me faut cette femme cette nuit même.

— Tu l'auras, me dit Satan ; mais essuie-toi le visage, tu as un ver sur la joue.

Et il disparut, me laissant encore plus glacé qu'auparavant. Comme pour me rendre à la vie, je pressai le bras de celle que je venais chercher du fond de la tombe, et je l'entraînai dans le salon.

C'était une de ces valses enivrantes où tous ceux qui nous entourent disparaissent, où l'on ne vit plus que l'un pour l'autre, où les mains s'enchaînent, où les haleines se confondent, où les poitrines se touchent. Je valsais les yeux fixés sur ses yeux, et son regard, qui me souriait éternellement, semblait me dire : « Si tu savais les trésors d'amour et de passion que je donnerais à mon amant ! si tu savais ce qu'il y a de volupté dans mes caresses, ce qu'il y a de feu dans mes baisers ! À celui qui m'aimerait, toutes les beautés de mon corps, toutes les pensées de mon âme, car je suis jeune, car je suis aimante, car je suis belle ! »

Et la valse nous emportait dans son tourbillon lascif et rapide.

Cela dura longtemps. Quand la mesure cessa, nous étions les seuls à valser encore.

Elle tomba sur mon bras, la poitrine oppressée, souple comme un serpent, et leva sur moi ses grands yeux, qui semblèrent me dire, à défaut de la bouche : « Je t'aime ! »

Je l'entraînai dans le boudoir, où nous étions seuls. Les salons devenaient déserts.

Elle se laissa tomber sur une causeuse, fermant à demi les yeux sous la fatigue, comme sous une étreinte d'amour.

Je me penchai sur elle et lui dis à voix basse :

— Si vous saviez comme je vous aime !

— Je le sais, me dit-elle, et je vous aime aussi, moi.

C'était à devenir fou.

— Je donnerais ma vie, dis-je, pour une heure d'amour avec vous, et mon âme pour une nuit.

— Écoute, fit-elle en ouvrant une porte cachée dans la tapisserie, dans un instant nous serons seuls. Attends-moi !

Elle me poussa doucement, et je me trouvai seul dans sa chambre à coucher, éclairée encore par la lampe d'albâtre.

Tout y avait un parfum de mystérieuse volupté impossible à décrire. Je m'assis près du feu, car j'avais froid ; je me regardai dans la glace : j'étais toujours aussi pâle. J'entendais les voitures qui partaient une à une ; puis, quand la dernière eut disparu, il se fit un silence morne et solennel. Peu à peu mes terreurs me revinrent ; je n'osais plus me retourner ; j'avais froid. Je m'étonnais qu'elle ne vînt pas ; je comptais les minutes, et je n'entendais aucun bruit. J'avais les coudes sur mes genoux et la tête dans mes mains.

Alors je me mis à penser à ma mère, ma mère qui pleurait à cette heure son fils mort, ma mère dont j'étais toute la vie, et qui n'avait eu que ma seconde pensée. Tous les jours de mon enfance me repassèrent devant les yeux comme un riant songe. Je vis que partout où j'avais eu une blessure à panser, une douleur à éteindre, c'était toujours à ma mère que j'avais eu recours. Peut-être, à l'heure où je me préparais à une nuit d'amour, se préparait-elle à une nuit d'insomnie, seule, silencieuse, auprès des objets qui me rappellent à elle, ou veillant avec mon seul souvenir. Cette pensée était affreuse ; j'avais des remords, les larmes me vinrent aux yeux. Je me levai. Au moment où je regardais la glace, j'aperçus une ombre pâle et blanche derrière moi, me regardant fixement.

Je me retournai : c'était ma belle maîtresse.

Heureusement que mon cœur ne battait pas, car, d'émotion en émotion, il eût fini par se briser.

Tout était silencieux, au-dehors comme au-dedans.

Elle m'attira près d'elle, et bientôt j'oubliai tout. Ce fut une nuit impossible à raconter, avec des plaisirs inconnus, avec des voluptés telles qu'elles approchent de la souffrance. Dans mes rêves d'amour, je ne retrouvais rien de pareil à cette femme que je tenais dans mes bras, ardente comme une mes-

saline, chaste comme une madone, souple comme une tigresse, avec des baisers qui brûlaient les lèvres, avec des mots qui brûlaient le cœur. Elle avait en elle quelque chose de si puissamment attractif qu'il y avait des moments où j'en avais peur.

Enfin, la lampe commença à pâlir quand le jour commença à poindre.

– Écoute ! me dit cette femme, il faut partir ; voici le jour, tu ne peux rester ici ; mais le soir, à la première heure de la nuit, je t'attends, n'est-ce pas ?

Une dernière fois, je sentis ses lèvres sur les miennes ; elle pressa convulsivement mes mains, et je partis.

C'était toujours le même calme dehors.

Je marchais comme un fou, croyant à peine à ma vie, n'ayant même pas la pensée d'aller chez ma mère ou de rentrer chez moi, tant cette femme entourait mon cœur.

Je ne sais qu'une chose qu'on désire plus qu'une première nuit à passer avec sa maîtresse : c'est une seconde.

Le jour s'était levé, triste, sombre, froid. Je marchai au hasard dans la campagne déserte et désolée, pour attendre le soir.

Le soir vint de bonne heure.

Je courus à la maison du bal.

Au moment où je franchissais le seuil de la porte, je vis un vieillard pâle et cassé qui descendait le perron.

— Où va monsieur ? me dit le concierge.

— Chez madame de P…, lui dis-je.

— Madame de P… ? fit-il en me regardant étonné et en me montrant le vieillard ; c'est monsieur qui habite cet hôtel ; il y a deux mois qu'elle est morte.

Je poussai un cri et je tombai à la renverse.

— Et après ? dis-je à celui qui venait de parler.

— Après ? dit-il en jouissant de notre attention et en pesant sur ses mots ; après, je me réveillai, car tout cela n'était qu'un rêve.

UN BAL MASQUÉ

Quoique j'eusse dit n'y être pour personne : un de mes amis força la consigne.

Mon domestique annonça M. Antony R... J'aperçus derrière la livrée de Joseph le coin d'une redingote noire ; il était probable que le porteur de la redingote avait, de son côté, vu un pan de ma robe de chambre ; impossible de me celer. — Très bien ! qu'il entre, dis-je tout haut. — Qu'il aille au diable, dis-je tout bas.

Lorsqu'on travaille, il n'y a que la femme qu'on aime qui puisse impunément vous déranger, car elle est toujours pour quelque chose au fond de ce que l'on fait.

J'allais donc à lui avec ce visage à demi maussade d'un auteur interrompu dans un de ces moments où il craint le plus de l'être, lorsque je le vis si pâle et si défait que les premiers mots que je lui adressai furent ceux-ci :

— Qu'avez-vous ? que vous est-il arrivé ? — Oh ! laissez-moi respirer, dit-il, je vais vous dire cela ; d'ailleurs, c'est peut-être un rêve, ou peut-être suis-je fou.

Il se jeta sur un fauteuil, et laissa tomber sa tête entre ses mains.

Je regardai avec étonnement : ses cheveux étaient mouillés par la pluie, ses bottes, ses genoux et le bas de son pantalon étaient couverts de boue. J'allai à la fenêtre ; je vis à la porte son domestique et son cabriolet ; je n'y comprenais rien.

Il vit ma surprise.

— J'ai été au cimetière du Père-Lachaise, dit-il. — À dix heures du matin ? — J'y étais à sept... Maudit bal masqué !

Je ne devinais pas ce qu'un bal masqué et le Père-Lachaise avaient à faire ensemble. Je pris mon parti, et, tournant le dos à la cheminée, je me mis à rouler un cigaretto entre mes doigts avec le flegme et la patience d'un Espagnol.

Lorsqu'il fut arrivé à son point de perfection, je le tendis à Antony, que je savais très sensible ordinairement à ce genre d'attention.

Il me fit un signe de remerciement de la tête, mais il repoussa ma main.

Je me baissai afin d'allumer le cigaretto pour mon propre compte : Antony m'arrêta.

— Alexandre, me dit-il, écoutez-moi, je vous en prie. — Mais il y a un quart d'heure que vous êtes là et que vous ne me dites rien. — Oh ! c'est une aventure bien étrange !

Je me relevai, posai mon cigare sur la cheminée, et me croisai les bras comme un homme résigné ; seulement je commençais à croire comme lui qu'il pouvait bien être devenu fou.

— Vous vous rappelez le bal de l'Opéra, où je vous rencontrai, me dit-il après un instant de silence. — Le dernier, où il y avait deux cents personnes au plus ? — Celui-là même. Je vous quittai dans l'intention de me rendre à celui des Variétés, dont on m'avait parlé comme d'une curiosité au milieu de notre époque si curieuse : vous voulûtes me dissuader d'y aller ; une fatalité m'y poussait. Oh ! pourquoi n'avez-vous pas vu cela, vous, vous qui avez des mœurs à retracer ? Pourquoi Hoffmann ou Callot n'étaient-ils pas là pour peindre le tableau à la fois fantastique et burlesque qui se déroula sous mes yeux ? Je venais de quitter l'Opéra, vide et triste ; je trouvai une salle pleine et joyeuse : corridors, loges, parterre, tout était encombré. Je fis le tour de la salle : vingt masques m'appelèrent par mon nom et me dirent le leur. C'étaient des sommités aristocratiques ou financières sous d'ignobles déguisements de pierrots, de postillons, de paillasses ou de poissardes. C'étaient tous jeunes gens de nom, de cœur, de mérite ; et là, oubliant famille, arts, politique, rebâtissant une soirée de la Régence au milieu de notre époque grave et sévère. On me l'avait dit, et cependant je ne l'avais pas cru !... Je remontai quelques marches, et, m'appuyant sur une colonne, à demi caché par elle, je fixai les yeux sur ce flot de créatures humaines qui se mouvait au-dessous de moi. Ces dominos de toutes les couleurs, ces costumes bigarrés, ces grotesques déguisements, formaient un spectacle qui ne ressemblait à rien d'humain. La musique se mit à jouer. Oh ! ce fut alors !... Ces étranges créatures s'agitèrent au son de cet orchestre, dont l'harmonie n'arrivait à moi qu'au milieu des cris, des rires, des huées ; elles s'accrochèrent les unes aux autres par les mains, par les bras, par le cou ; un long cercle se forma, commençant par un mouvement circulaire ; danseurs et danseuses frappant du pied, faisant jaillir avec bruit une poussière dont la lumière blafarde des lustres rendait les atomes visibles ; tournant dans leur vitesse croissante avec des postures bizarres, des gestes obscènes, des cris pleins de débauche ; tournant toujours plus vite, renversés comme des hommes ivres, hurlant comme des femmes perdues, avec plus de délire que de joie, avec plus de rage que de plaisir ; semblables à une chaîne de damnés qui accomplit, sous la verge des démons, une pénitence infernale. Cela se passait sous mes yeux, à mes pieds. Je sentais le vent de leur course ; chacun de ceux que je connaissais me jetait, en passant, un mot à me faire rougir. Tout ce bruit, tout ce bourdonnement, toute cette confusion, toute cette musique étaient dans ma tête comme dans la salle ! J'arrivais promptement à ne plus savoir si ce que j'avais devant les yeux était songe ou réalité ; j'arrivais à me demander si ce n'était pas moi qui étais insensé et eux qui étaient raisonnables ; il me prenait d'étranges tentations de me jeter au milieu de ce pandémonium, comme Faust à travers le sabbat, et je sentais qu'alors j'aurais des cris, des gestes, des postures, des rires, comme les leurs. Oh ! de là à la folie il n'y a qu'un pas. Je fus épouvanté ; je me jetai hors de la salle, poursuivi jusqu'à la porte de la rue par des hurlements qui ressemblaient à ces rugissements d'amour qui sortent de la caverne des bêtes fauves.

Je m'étais arrêté un instant sous le portique pour me remettre ; je ne voulais pas me hasarder dans la rue avec tant de confusion encore dans l'esprit ; peut-être n'aurais-je pas retrouvé mon chemin, peut-être me serais-je jeté sous les roues d'une voiture que je n'aurais pas vue venir. J'étais comme doit être un homme ivre qui commence à retrouver assez de raison dans son cerveau obscurci pour s'apercevoir de son état, et qui, sentant revenir la volonté, mais non pas encore le pouvoir, s'appuie immobile, les yeux fixes et atones, contre une borne de la rue ou contre un arbre d'une promenade publique.

En ce moment une voiture s'arrêta devant la porte, une femme descendit de la portière ou plutôt s'en précipita. Elle entra sous le péristyle tournant la tête à droite et à gauche comme une personne égarée : elle était vêtue d'un domino noir, avait la figure couverte d'un masque de velours. Elle se présenta à la porte.

— Votre billet ? lui dit le contrôleur. — Mon billet ? répondit-elle ; je n'en ai pas. — Alors prenez-en un au bureau.

Le domino revint sous le péristyle, fouillant vivement dans toutes ses poches.

— Pas d'argent ! s'écria-t-elle… Ah ! cette bague… Un billet d'entrée pour cette bague, dit-elle. — Impossible, répondit la femme qui distribuait les cartes ; nous ne faisons pas de ces marchés-là. Et elle repoussa le brillant, qui tomba à terre et roula de mon côté.

Le domino était resté sans mouvement, oubliant l'anneau, abîmé dans une pensée.

Je ramassai la bague et la lui présentai.

Je vis à travers son masque ses yeux se fixer sur les miens ; elle me regarda un instant avec hésitation ; puis, tout à coup, passant son bras sous le mien :

— Il faut que vous me fassiez entrer, me dit-elle ; par pitié, il le faut. — Je sortais, madame, lui dis-je. — Alors, donnez-moi six francs de cette bague, et vous m'aurez rendu un service pour lequel je vous bénirai toute ma vie.

Je lui remis l'anneau au doigt ; j'allai au bureau, je pris deux billets. Nous rentrâmes ensemble.

Arrivés dans le corridor, je sentis qu'elle chancelait. Elle forma alors, avec sa seconde main, une espèce d'anneau autour de mon bras.

— Souffrez-vous ? lui dis-je. — Non, non, ce n'est rien, reprit-elle ; un éblouissement, voilà tout…

Elle m'entraîna dans la salle.

Nous rentrâmes dans ce joyeux Charenton.

Trois fois nous en fîmes le tour, fendant à grand-peine ces flots de masques qui se ruaient les uns sur les autres ; elle, tressaillant à chaque parole obscène qu'elle entendait ; moi, rougissant d'être vu donnant le bras à une femme qui osait entendre de telles paroles ; puis nous revînmes à l'extrémité de la salle. Elle tomba sur un banc. Je restai debout devant elle, la main appuyée sur le dossier de son siège. — Oh ! cela doit vous paraître bien bizarre, dit-elle, mais pas plus qu'à moi, je vous le jure. Je n'avais aucune idée de cela (elle regardait le bal), car je n'avais pas même pu voir de telles choses dans mes rêves. Mais on m'a écrit, voyez-vous, qu'il serait ici avec une femme ; et quelle femme doit-ce être que celle qui peut venir dans un pareil lieu ?

Je fis un geste d'étonnement, elle le comprit. — J'y suis bien, n'est-ce pas, voulez-vous dire ? Oh ! mais moi c'est autre chose : moi je le cherche, moi je suis sa femme. Ces gens, c'est la folie et la débauche qui les poussent ici. Oh ! moi, moi, c'est la jalousie infernale ! J'aurais été partout le chercher ; j'aurais été la nuit dans un cimetière, j'aurais été en Grève le jour d'une exécution ; et cependant, je vous le jure, jeune fille, je ne suis jamais sortie une fois dans la rue sans ma mère ; femme, je n'ai pas fait un pas dehors sans être suivie d'un laquais ; et cependant me voilà ici, comme toutes ces femmes qui en savent le chemin ; me voilà donnant le bras à un homme que je ne connais pas, rougissant sous mon masque de l'opinion que je dois lui inspirer ! Je sais tout cela !… Avez-vous été jaloux, monsieur ? — Affreusement, lui répondis-je. — Alors, vous me pardonnez, vous savez tout. Vous connaissez cette voix qui vous crie : Va ! comme à l'oreille d'un insensé ; vous avez senti ce bras qui vous pousse à la honte et au crime, comme celui de la fatalité. Vous savez qu'en un pareil moment on est capable de tout, pourvu que l'on se venge.

J'allais lui répondre ; elle se leva tout à coup, les yeux fixés sur deux dominos qui passaient en ce moment devant nous. — Taisez-vous ! dit-elle ; et elle m'entraîna sur leurs traces. J'étais jeté au milieu d'une intrigue à laquelle je ne comprenais rien ; j'en sentais vibrer tous les fils, et aucun ne pouvait me mener au but ; mais cette pauvre femme paraissait si agitée qu'elle était intéressante. J'obéis comme un enfant, tant une passion vraie est impérieuse, et nous nous mîmes à la suite des deux masques, dont l'un était évidemment un homme et l'autre une femme. Ils parlaient à demi-voix ; les sons parvenaient à peine à nos oreilles. — C'est lui ! murmurait-elle, c'est sa voix ; oui, oui, c'est sa taille…

Le plus grand des deux dominos se mit à rire. — C'est son rire, dit-elle ; c'est lui, monsieur, c'est lui ! la lettre disait vrai. Ô mon Dieu ! mon Dieu !

Cependant les masques avançaient, et nous les suivions toujours ; ils sortirent de la salle, et nous en sortîmes après eux ; ils prirent l'escalier des loges, et nous le montâmes à leur suite ; ils ne s'arrêtèrent qu'à celles du cintre : nous semblions leurs deux ombres. Une petite loge grillée s'ouvrit : ils y entrèrent ; la porte se referma sur eux.

La pauvre créature que je tenais sous le bras m'effrayait par son agitation ; je ne pouvais voir sa figure ; mais, pressée contre moi comme elle l'était, je sentais battre son cœur, frissonner son corps, tressaillir ses membres. Il y avait quelque chose d'étrange dans la manière dont arrivaient à moi les souffrances inouïes dont j'avais le spectacle sous les yeux, dont je ne connaissais nullement la victime, et dont j'ignorais complètement la cause. Cependant, pour rien au monde, je n'aurais abandonné cette femme dans un pareil moment.

Lorsqu'elle avait vu les deux masques entrer dans la loge et la loge se refermer sur eux, elle était restée un moment immobile et comme foudroyée ; puis elle s'était élancée contre la porte pour écouter. Placée comme elle l'était, le moindre mouvement dénonçait sa présence et la perdait ; je la tirai violemment par le bras, j'ouvris, en poussant, le ressort de la loge contiguë, je l'y entraînai avec moi, j'abaissai la grille et tirai la porte.

— Si vous voulez écouter, lui dis-je, du moins écoutez d'ici.

Elle tomba sur un genou et colla son oreille contre la cloison, et moi je me tins debout de l'autre côté, les bras croisés, la tête inclinée et pensive.

Tout ce que j'avais pu voir de cette femme m'avait paru type de beauté. Le bas de son visage, que ne cachait pas son masque, était jeune, velouté, arrondi ; ses lèvres étaient vermeilles et fines ; ses dents, que faisait paraître plus blanches encore le velours qui descendait jusqu'à elles, étaient petites, séparées et brillantes ; sa main était à mouler, sa taille à prendre entre les doigts ; ses cheveux noirs, fins, soyeux, s'échappaient en profusion de la coiffe de son domino, et le pied d'enfant qui dépassait sa robe semblait avoir peine à soutenir ce corps, tout léger, tout gracieux, tout aérien qu'il était. Oh ! ce devait être une merveilleuse créature ! Oh ! celui qui l'aurait tenue dans ses bras, qui aurait vu toutes les facultés de cette âme employées à l'aimer, qui aurait senti sur son cœur ces palpitations, ces tressaillements, ces spasmes névralgiques, et qui aurait pu dire : Tout cela, tout cela c'est de l'amour, de l'amour pour moi, pour moi seul au milieu des hommes, pour moi, ange prédestiné, oh ! cet homme ! cet homme !...

Voilà quelles étaient mes pensées, quand tout à coup je vis cette femme se relever, se tourner vers moi et me dire d'une voix entrecoupée et furieuse :

— Monsieur, je suis belle, je vous le jure ; je suis jeune, j'ai dix-neuf ans. Jusqu'à présent j'ai été pure comme l'ange de la création… eh bien !… — elle jeta ses deux bras à mon cou — eh bien ! je suis à vous… prenez-moi !…

Au même instant, je sentis ses lèvres se coller aux miennes, et l'impression d'une morsure, plutôt que celle d'un baiser, courut par tout son corps frissonnant et éperdu ; un nuage de flamme passa sur mes yeux.

Dix minutes après, je la tenais entre mes bras, renversée, demi-morte et sanglotante.

Elle revint lentement à elle ; je distinguai à travers son masque ses yeux hagards ; je vis le bas de sa figure pâle, j'entendis ses dents se heurter l'une contre l'autre comme dans le frisson de la fièvre. Je vois encore tout cela.

Elle se rappela ce qui venait de se passer, tomba à mes pieds. — Si vous avez quelque compassion, me dit-elle en sanglotant, quelque pitié, détournez la vue de moi, ne cherchez jamais à me connaître ; laissez-moi partir et oubliez tout : je m'en souviendrai pour deux !…

À ces mots, elle se releva rapide comme une pensée qui nous fuit, s'élança contre la porte, l'ouvrit, et se retournant encore une fois : — Ne me suivez pas, au nom du ciel, monsieur, ne me suivez pas ! dit-elle.

La porte, repoussée violemment, se referma entre elle et moi, me la dérobant comme une apparition. Je ne l'ai pas revue !

Je ne l'ai pas revue ! et depuis, depuis les dix mois qui se sont écoulés, je l'ai cherchée partout, aux bals, aux spectacles, aux promenades. Toutes les fois que je voyais de loin une femme à la taille fine, au pied d'enfant, aux cheveux noirs, je la suivais, je m'approchais d'elle, je la regardais en face, espérant que sa rougeur allait la trahir. En aucun lieu je ne la retrouvai, nulle part je ne la revis… que dans mes nuits, que dans mes rêves ! Oh ! là, là, elle revenait, là je la sentais, je sentais ses étreintes, ses morsures, ses caresses si ardentes qu'elles avaient quelque chose d'infernal ; puis le masque tombait et le visage le plus étrange m'apparaissait, tantôt confus, comme couvert d'un nuage ; tantôt brillant, comme entouré d'une auréole ; tantôt pâle, avec un crâne blanc et nu, avec des yeux aux orbites vides, avec des dents vacillantes et rares. Enfin, depuis cette nuit, je n'ai pas vécu ; brûlé d'un amour insensé pour une femme que je ne connais pas, espérant toujours et toujours déçu dans mes espérances, jaloux sans avoir le droit, sans savoir de qui je devais l'être, n'osant avouer pareille folie, et cependant, poursuivi, miné, consumé, dévoré par elle.

En achevant ces mots, il tira une lettre de sa poitrine. — Maintenant que je t'ai tout raconté, me dit-il, prends cette lettre et lis-la.

Je la pris et je lus :

Peut-être avez-vous oublié une pauvre femme qui n'a rien oublié et qui meurt de ne pouvoir oublier ? Quand vous recevrez cette lettre, je ne serai plus. Alors, allez au cimetière du Père-Lachaise, dites au concierge de vous faire voir parmi les dernières tombes celle qui portera sur sa pierre funéraire le simple nom de Marie, et, quand vous serez en face d'elle, agenouillez-vous et priez.

— Eh bien ! continua Antony, j'ai reçu cette lettre hier, et j'y ai été ce matin. Le concierge m'a conduit à la tombe, et je suis resté deux heures à genoux, priant et pleurant. Comprends-tu ? Elle était là, cette femme !... L'âme brûlante s'était envolée ; le corps, rongé par elle, avait ployé jusqu'à rompre sous le poids de la jalousie et du remords : elle était là sous mes pieds, et elle avait vécu et elle était morte inconnue pour moi ; inconnue !... et prenant dans ma vie une place, comme elle en prend une dans la tombe ; inconnue !... et m'enfermant dans le cœur un cadavre froid et inanimé, comme elle en avait déposé un dans le sépulcre. Oh ! connais-tu quelque chose de pareil ? Sais-tu quelque événement aussi étrange ? Ainsi, maintenant plus d'espoir ; je ne la reverrai jamais. Je creuserais sa fosse que je ne retrouverais pas des traits avec lesquels je pusse recomposer son visage ; et je l'aime toujours ! Comprends-tu, Alexandre ? je l'aime comme un insensé ; et je me tuerais à l'instant pour la rejoindre, si elle ne devait pas me rester inconnue dans l'éternité, comme elle me l'a été dans ce monde.

À ces mots, il m'arracha la lettre des mains, la baisa à plusieurs reprises et se mit à pleurer comme un enfant. Je le pris dans mes bras, et, ne sachant que lui répondre, je pleurai avec lui.

DÉCOUVREZ LES FOLIO 2 €

Parutions de janvier 2011

Ryûnosuke AKUTAGAWA — *La vie d'un idiot* précédé d'*Engrenage*

Deux nouvelles posthumes de ce grand auteur de la littérature japonaise, terribles pages qui préparent la mise en scène de son suicide...

ANONYME — *Saga d'Eiríkr le Rouge* suivi de *Saga des Groenlandais*

Le nom d'Eiríkr le Rouge évoque l'aventure, la bravoure, la magie des Vikings et les découvertes des contrées sauvages du Grand Nord...

Antoine BELLO — *Go Ganymède !*

Avec une intelligence diabolique et un humour corrosif, cette nouvelle d'anticipation illustre les enjeux et l'absurdité de la conquête spatiale.

Adalbert von CHAMISSO — *L'étrange histoire de Peter Schlemihl*

Vendre son âme au Diable... un des thèmes fondateurs du romantisme allemand, à découvrir dans ce texte pétillant d'une étonnante modernité.

COLLECTIF — *L'art du baiser*. Les plus beaux baisers de la littérature

Baisers timides, tremblants, baisers fougueux, voluptueux, brûlants...
D'Ovide, Shakespeare... à David Foenkinos ou Philippe Forest : laissez-vous emporter par ces baisers qui donnent envie de tomber amoureux.

Alexandre DUMAS — *La main droite du sire de Giac* et autres nouvelles

Le Diable n'est jamais très loin dans ces nouvelles de Dumas. Il joue des faiblesses des hommes pour leur faire commettre l'irréparable.

Guy GOFFETTE — *Les derniers planteurs de fumée*

Souvenirs, portraits d'un vagabond furtif, ces courts récits s'offrent comme une variation musicale autour du mot de Rimbaud : « On ne part pas. »

H. P. LOVECRAFT *L'horreur de Dunwich*

Verrouillez les portes, calfeutrez les fenêtres et allumez toutes les lumières avant d'ouvrir ce livre...

Léon TOLSTOÏ *Le Diable*

Peut-on résister aux tentations de la chair ? Tolstoï nous dresse un tableau diabolique de la sensualité.

Edith WHARTON *Le miroir* suivi de *Miss Mary Pask*

Spiritisme, apparition de fantômes, messages de l'au-delà... Edith Wharton révèle avec un humour piquant que les fantômes ne survivent que dans l'imagination de ceux qui les évoquent.

Dans la même collection

M. D'AGOULT *Premières années* (Folio n° 4875)

R. AKUTAGAWA *Rashômon* et autres contes (Folio n° 3931)

E. ALMASSY *Petit éloge des petites filles* (Folio n° 4953)

AMARU *La Centurie. Poèmes amoureux de l'Inde ancienne* (Folio n° 4549)

P. AMINE *Petit éloge de la colère* (Folio n° 4786)

M. AMIS *L'état de l'Angleterre* précédé de *Nouvelle carrière* (Folio n° 3865)

H. C. ANDERSEN *L'elfe de la rose* et autres contes du jardin (Folio n° 4192)

H. C. ANDERSEN *La Vierge des glaces* (Folio n° 5120)

ANONYME *Ma'rûf le savetier*. Un conte des *Mille et Une Nuits* (Folio n° 4317)

ANONYME *Le Petit-Fils d'Hercule* (Folio n° 5010)

ANONYME *Le poisson de jade et l'épingle au phénix* (Folio n° 3961)

ANONYME *Saga de Gísli Súrsson* (Folio n° 4098)

G. APOLLINAIRE — *Les Exploits d'un jeune don Juan* (Folio n° 3757)

ARAGON — *Le collaborateur* et autres nouvelles (Folio n° 3618)

I. ASIMOV — *Mortelle est la nuit* précédé de *Chante-cloche* (Folio n° 4039)

S. AUDEGUY — *Petit éloge de la douceur* (Folio n° 4618)

AUGUSTIN (SAINT) — *La Création du monde et le Temps* suivi de *Le Ciel et la Terre* (Folio n° 4322)

MADAME D'AULNOY — *La Princesse Belle Étoile et le prince Chéri* (Folio n° 4709)

J. AUSTEN — *Lady Susan* (Folio n° 4396)

M. AYMÉ — *La bonne peinture* (Folio n° 5011)

H. DE BALZAC — *La Fausse Maîtresse* (Folio n° 5063)

H. DE BALZAC — *L'Auberge rouge* (Folio n° 4106)

H. DE BALZAC — *Les dangers de l'inconduite* (Folio n° 4441)

É. BARILLÉ — *Petit éloge du sensible* (Folio n° 4787)

J. BARNES — *À jamais* et autres nouvelles (Folio n° 4839)

F. BARTELT — *Petit éloge de la vie de tous les jours* (Folio n° 4954)

S. DE BEAUVOIR — *La Femme indépendante* (Folio n° 4669)

T. BENACQUISTA — *La boîte noire* et autres nouvelles (Folio n° 3619)

K. BLIXEN — *L'éternelle histoire* (Folio n° 3692)

K. BLIXEN — *Saison à Copenhague* (Folio n° 4911)

BOILEAU-NARCEJAC — *Au bois dormant* (Folio n° 4387)

M. BOULGAKOV — *Endiablade* (Folio n° 3962)

M. BOULGAKOV	*J'ai tué* et autres récits (Folio n° 5012)
P. BOWLES	*L'éducation de Malika* (Folio n° 5121)
R. BRADBURY	*Le meilleur des mondes possibles* et autres nouvelles (Folio n° 5062)
R. BRADBURY	*Meurtres en douceur* et autres nouvelles (Folio n° 4143)
L. BROWN	*92 jours* (Folio n° 3866)
S. BRUSSOLO	*Trajets et itinéraires de l'oubli* (Folio n° 3786)
R. CAILLOIS	*Noé* et autres textes (Folio n° 4955)
J. M. CAIN	*Faux en écritures* (Folio n° 3787)
MADAME CAMPAN	*Mémoires sur la vie privée de Marie-Antoinette* (Folio n° 4519)
A. CAMUS	*Jonas ou l'artiste au travail* suivi de *La pierre qui pousse* (Folio n° 3788)
A. CAMUS	*L'été* (Folio n° 4388)
T. CAPOTE	*Cercueils sur mesure* (Folio n° 3621)
T. CAPOTE	*Monsieur Maléfique* et autres nouvelles (Folio n° 4099)
A. CARPENTIER	*Les élus* et autres nouvelles (Folio n° 3963)
CASANOVA	*Madame F.* suivi de *Henriette* (Folio n° 4956)
M. DE CERVANTÈS	*La petite gitane* (Folio n° 4273)
R. CHANDLER	*Un mordu* (Folio n° 3926)
I. DE CHARRIÈRE	*Sir Walter Finch et son fils William* (Folio n° 4708)
J. CHEEVER	*Une Américaine instruite* précédé de *Adieu, mon frère* (Folio n° 4840)
G. K. CHESTERTON	*Trois enquêtes du Père Brown* (Folio n° 4275)
E. M. CIORAN	*Ébauches de vertige* (Folio n° 4100)
COLLECTIF	*Au bonheur de lire* (Folio n° 4040)

COLLECTIF	*Au pied du sapin* (Folio n° 5122)
COLLECTIF	*« Dansons autour du chaudron »* (Folio n° 4274)
COLLECTIF	*Des mots à la bouche* (Folio n° 3927)
COLLECTIF	*« Il pleut des étoiles »* (Folio n° 3864)
COLLECTIF	*« Leurs yeux se rencontrèrent... »* (Folio n° 3785)
COLLECTIF	*L'œil du serpent.* Contes folkloriques japonais (Folio n° 5060)
COLLECTIF	*« Ma chère Maman... »* (Folio n° 3701)
COLLECTIF	*« Mon cher Papa... »* (Folio n° 4550)
COLLECTIF	*« Mourir pour toi »* (Folio n° 4191)
COLLECTIF	*« Parce que c'était lui ; parce que c'était moi »* (Folio n° 4097)
COLLECTIF	*« Que je vous aime, que je t'aime ! »* (Folio n° 4841)
COLLECTIF	*Sur le zinc* (Folio n° 4781)
COLLECTIF	*Un ange passe* (Folio n° 3964)
COLLECTIF	*1, 2, 3... bonheur !* (Folio n° 4442)
A. CONAN DOYLE	*L'interprète grec* et autres aventures de Sherlock Holmes (Folio n° 5013)
A. CONAN DOYLE	*Une affaire d'identité* et autres aventures de Sherlock Holmes (Folio n° 5015)
CONFUCIUS	*Les Entretiens* (Folio n° 4145)
J. CONRAD	*Jeunesse* (Folio n° 3743)
J. CONRAD	*Le retour* (Folio n° 4737)
F. CONROY	*Le cas mystérieux de R.* et autres nouvelles (Folio n° 5014)
B. CONSTANT	*Le Cahier rouge* (Folio n° 4639)
J. CORTÁZAR	*L'homme à l'affût* (Folio n° 3693)

Composition Nord Compo
Impression Novoprint
à Barcelone, le 4 décembre 2010
Dépôt légal : décembre 2010

ISBN 978-2-07-044094-8./Imprimé en Espagne.

178888